빈 그릇 속의 메아리

이시환의 새 시집

새로운 세상의 숲
신세림출판사

빈 그릇 속의 메아리

이시환의 새 시집

빈 그릇 속의 메아리

그릇 속에 무언가로 가득 차 있으면 아무리 두드려도 울림이 없다. 그릇이 텅 비어있을 때에만 비로소 울림이 생기고, 그 울림이 메아리가 된다.

사람의 마음도 하나의 그릇이라고 나는 생각한다. 나의 시에도 있는 말이지만, 마음은 나의 온갖 욕구를 담아내는 '그릇'이면서 그 속을 비추어 보여주는 '거울'이다. 그런 마음조차도 비어 있지 않으면, 다시 말해, 비어있는 공간이 없으면, 울림이 있을 리 없고, 메아리칠 일이 없다.

그렇듯, 우주도 하나의 커다란 그릇이다. 우리가 인지하는 모든 자연현상도 그 '우주'라고 하는 그릇 속에서 나오는 울림이다. 우주에 텅 빈 공간이 없다면 그 울림이 있을 리 없고, 그 안에서 메아리 칠 일이 없을 것이다.

나의 시들은 내 '마음'이라고 하는 작은 그릇의 울림, 그 메아리라고 생각한다. 그래서 나의 시를 읽는다는 것은 내 마음이라고 하는 그릇 안에서 일어난 그것들에 잠시 귀를 기울이는 일 외에 다름 아니다.

그 울림의 여운이 길고, 아름답게 지각되기를 기대하면서 나는 이번 시집의 제목을 「빈 그릇 속의 메아리」로 정하고서 조심스럽게 이 시집을 펴낸다.

2019. 7. 15.

이 시 환

차례

2부

차례

4부

차례

5부

6부

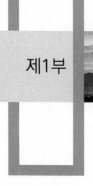

제1부

쉼표

풀꽃들이
줄지어 따라오고

작은 새들이
앞장서는

여기는
어디쯤일까?

얼마를 걸어 왔으며
얼마를 더 걸어갈 수 있을까?

가던 걸음
잠시 멈추어 서서

뒤를 돌아보고
앞을 내다본다.

-2019. 7. 7.

바람의 언덕을 오르며

바람의 언덕 위로 올라가
바람 속으로 숨어들고 싶다.

그리하여 나도
보이지 않는 바람이 되어

세상을 한 바퀴 돌아 나오면서
어루만지는 것들마다

나직한 풍경소리에 눈을 뜨는
부드러운 연초록 솔잎이 될까.

겨울산 벼랑 위에서
산양이 내뿜는 뜨거운 입김이 될까.

바람의 언덕 위로 올라가
바람 속으로 눕고 싶다.

-2018. 08. 17.

不苦不樂護淸淨念(불고불락호청정념)

돌연, 아니, 슬그머니
나의 소중한 모든 것들로부터
손을 놓는지도 모르게 손을 놓게 되는,
그런 날이 도래하리라.

원하든 원하지 않든,
내가 속해있던 세상의 모든 대열로부터
스스로 떨어져 나오는 줄도 모른 채 떨어져 나오는,
그런 날이 도래하리라.

그래, 많이 가졌어도 없는 듯이 가볍게 살고,
없어서 궁색하고 구차해도 넉넉한 듯이 살아라.
끝내는 죽음으로써 절대적 평등세계로 들어가는
대로(大路)를 걷게 되리니

살면서 크게 서러워 할 것도 없고,
크게 억울해 할 것도 없으며,
크게, 좋아하고 기뻐할 것도 없느니라.

-2017. 06. 22

靜默治道(정묵치도)

쓸쓸하기 그지없는
외진 바닷가 횟집 안에 내걸린
초라한 목판조각에 새겨진
네 글자, 靜默治道(정묵치도)가 어른어른
등 굽은 노인양반처럼 지팡이를 짚고서
내게로 다가오네.

아침나절에 배를 타고 나가
낚시로 잡은 물고기만을 저녁에 판다는
주인 내외가 차려준 한 상을 받고 보니
내게는 분명, 분에 넘치고 넘치나
깊은 바다의 싱싱함이 물씬
입 안 가득 넘실거리네.

그 맛에 홀리고
그 인심에 반하고
그 우스갯소리에 시간 가는 줄 모른 채
그 '한 잔만 더'에 취해서
그 집을 나와 갯바람을 쐬는데
내 둥둥거리는 발걸음마다
얕은 바닷물이 철썩, 철썩거리네.

깊은 바다 속 풍파를 다 짓눌러 놓고
아니, 아니, 세상 시끄러움을 깔고 앉아서
두 눈을 지그시 내리감고 있는,
靜默治道 난해한 네 글자가 제각각
한 폭의 그림 속 백발의 늙은이 되어
비틀비틀 내게로 다가오네.

-2018. 08. 14.

옥수수를 삶아 먹으며

하하, 이놈 참 잘 생겼구나.
앞에서 보나 뒤에서 보나 가지런하고
촘촘하게 박혀있는 알갱이들이
저마다 하나의 뜻을 세우고
그 뜻이 모여 사상을 이루었구나.

하하, 그놈 참 매끄럽게 잘도 빠졌구나.
찰찰 윤기 넘치고 먹음직스러워 보이는
그 알갱이들의 전후좌우 뜻들이 모여
비로소 하나의 사상이란 큰 집을 이루었구나.

마음껏 드시고,
삶지 않은 것일랑 처마 밑에 걸어 두었다가
내년에도 내후년에도 골골에 씨앗 뿌려
자자손손 대대로 한 생을 풍미하게 하소서.

그래도 남는 놈이 있거들랑
굶주린 짐승들도 먹이고 기름이라도 짜서
세상의 목구멍을 매끄럽게 적셔 주옵소서.

이제 나도 철이 들었는가.
그 흔한 옥수수 하나를 삶아먹는 일조차
의미심장하여 더 이상 예삿일이 아니네.

그 빈틈없는 질서정연함 속으로 깃든
뜻을 헤아리고 사상을 곱씹어서
이 몸의 피가 되고 살이 되었으면
이제는 내 마음도 내 몸도
깊은 의미의 사상이 되어야 하는데….

-2018. 07. 23.

그리운 것들

수소 두 분자와 산소 한 분자가 만나
물이 되는 담백한 사실 같은
사람의 말이,
말의 진실이 그립습니다.

고기는 말할 것도 없고
달걀도, 식물의 뿌리조차도 먹지 않음으로써
피골이 상접해 있던
인도의 어느 시골 마을
수행자의 눈빛이 그립습니다.

선악을 구분하고 시시비비를 가리는
인간세상이야 늘 시끄럽지만
태풍이 휩쓸고 지나간 뒤에도 말이 없는,
뒤도 돌아보지 않는
하늘과 땅이 부리는
무심함이 더욱 그립습니다.

-2018. 10. 09.

우주

그릇, 그릇이었네.
너무나 커서 지각하지 못했을 뿐
수많은 그릇들을 담아내고 있는
커다란 하나의 그릇이었네.

내가 낮잠을 자면서,
귀에 익은 새소리를 듣는 것도,
문틈을 빠져나가는
바람의 말씀을 듣는 것도,
그 그릇 속의 그릇 안에서 일어나는
작은 소용돌이거나 그 파문일 따름이네.

밤하늘의 달이
유별나게 커 보이는 것도,
소리 없이 별똥별이 빗금을 긋는 것도,
저마다 사연을 안고
꽃들이 지었다 다시 피어나는 것도,
그 그릇 속의 그릇 안에서 일어나는
작은 소용돌이거나 그 파문일 따름이네.

-2017. 03. 21.

새삼 그리운 것들

오며가며 먼저 손을 내밀어
네 이름들을 부르지 못했었지.

뻐꾹나리, 양지꽃, 고들빼기, 개망초
하지만 얼마나 가까이 있었던가.

어느 해 유월 하순,
옛 친구들과 백악산 마루를 오르며

비로소 그리운 이름들을 불러본다.
개망초, 고들빼기, 양지꽃, 뻐꾹나리

-2019. 6. 30.

가을 밖에서

저 핏빛 단풍잎을 물끄러미 바라보노라니
나는 맥없이 부끄러워진다.

저 노랗게 물들어가는 나뭇잎을 바라보노라니
나는 또 눈시울이 붉어진다.

티 없는 핏빛 순결함 때문일까.
흠 없는 노란 그리움 때문일까.

산천초목조차도 제 몸을 불태우며
물빛 산빛을 다 바꾸어 놓는데

나만 덩그러니 홀로 남아
이 가을의 깊어가는 강물을 바라보네.

-2018. 10. 22.

누가 나의 늦잠을 깨우는가

누가,
혹한을 이겨내고서 만개한 꽃가지를 꺾어
여기 작은 화병에 꽂아 놓았는가.

누가,
감히 하늘연못 天池(천지)를 고스란히 담아
여기 작은 접시 위에 올려놓았는가.

누가,
봄바람의 가느다란 올을 풀어
이곳 빗살무늬 물결 속으로 펼쳐 놓았는가.

시인은,
아직도 늦잠에서 깨어나질 못하는데
高峯(고봉) 선생의 부지런한 다섯 제자들은

눈먼 진흙으로써
한 편의 반듯한 詩(시)를 빚어 놓고,
열 손가락 끝의 불길로써
저마다 제 마음 가는 길을 새겨 놓았네.

-2018. 06. 30.

香港 南蓮園池 內 香海軒에서
茶山窯陶瓷作品展을 둘러보고

나비

나비 두 마리가 팔랑팔랑 날아가니
잠잠한 우주에 파문이 일며
새 길이 열린다.

나비는 날아서
멀리 있는 꽃잎에 매어달리듯 안착하고,
펼쳤던 두 날개를 접으니
한 장의 완벽한 꽃잎이 되네.

세상은 더없이 고요하고
꽃잎도 나비도 삼매에 드는가보다.
여기는 바람 한 점 없다.

-2019. 6. 9.

미얀마 첫인상

미얀마의 노을은
유난히 붉다.

내 가슴속으로 점점 스며오는,
알 수 없는 슬픔 탓일까.

오로지 부처를 향한
이곳 사람들의 간절함 때문일까.

이곳 사람들이 헤쳐 온
인간 역사의 험준한 파고 때문일까.

바깥세상 모르는
이곳 사람들의 순박함 때문일까.

오래된 사원들의 뾰족뾰족한 탑신 위로
뜨고 지는 초원의 노을이 붉다.

말도 통하지 않는, 나를 에워싼,
키 작은 여인들의 호기심 어린 눈빛에도
노을이 붉다.

흙먼지 폴폴 이는 분주한 도심에서도,
예나 지금이나 말없이 흐르는 강물에서도,
이곳저곳의 언덕 위나 산정에서도

미얀마의 노을은
유난히 붉다.

-2019. 2. 4.

'극락교'라 이름 붙여진
돌다리를 건너며

이 깊은 강을 건너면
피안(彼岸)에 이르는가.
이 흔한 다리를 걸어서 가면
극락세계에라도 당도하겠는가.

나룻배를 타고서
거친 물길을 헤쳐 갈까.
두 발로 걸어서
안전하게 돌다리를 건너갈까.

그대 말대로라면,
누구들 마다하겠으며
이 극락교 앞에서 머뭇거릴 중생이
또 어디 있겠는가.

하지만 피안에 이르고
저 극락세계에 당도해 보시라.
제 아무리 강물에 몸을 씻고 마음마저 씻었어도
먹고 마시고 입고 자야하는
고단한 차안(此岸)의 속세와 다를 바 없네.

비록, 부처님이 한 가운데에
높이 앉아 계시지만
그것은 더더욱 빈 그림자일 뿐이고
김이 모락모락 피어오르는 것 같은
그림의 떡일 따름이네.

그놈의 떡 한 조각이라도 맛을 볼라치면
복전함에 주머닛돈부터 먼저 털어 넣어야 하니
극락을 먹여 살리는 것도
속세의 때 묻은 돈이 아니면 피 묻은
더러운, 거룩한 돈이라네.

-2017. 12. 18.

오디를 먹으며

보릿고개 넘던 시절이었지.
삼삼오오 동네 아이들이 몰려다니며
남의 참외밭에 들어가 슬쩍
앞산 뽕밭에 들어가 오디 실컷 따 먹고
마을 어귀에서 주인양반한테 붙잡혔는데
다른 친구들은 이미 실토하고 잘못을 비는데
콧노래를 부르며 뒤따라오던 당돌한 녀석
새파래진 입술에 까만 혀를 내밀며
"나는 안 따먹었어요!
쟤들이 따먹었지." 하자
벌 받던 녀석들이 몸을 뒤틀며 참지 못하고
그만 킥킥거리며 웃고 만다.
다른 녀석들보다 꿀밤 한 대 더 세게 얻어맞고도
"나는 안 따 먹었는데…."
시치미를 떼며 끝까지 오리발이다.
바로 그때 한 녀석이
"야, 니 입좀 보아.
우리처럼 새까맣단 말이여."
그때서야 멋쩍게 뒤통수를 긁적이던 녀석
반세기가 넘도록 못 보았는데
어디선가 잘 살고 있겠지.

-2019. 06. 25.

제2부

노랑제비꽃·1

네가 보고 싶어 나는 간다,
산간벽지이지만 양지바른 그곳에
옹기종기 모여 사는 마을의 안온함 속으로.

네가 그리워 나는 간다,
험한 길이지만 바람타지 않는 그곳에
오손 도손 서로 기대어사는 마을의 평화 속으로.

거친 세파를 견뎌내기에는
눈물겹도록 작고 초라하지만
네 깊은 눈빛이 그립고,

거친 풍파를 이겨내기에는
눈물겹도록 초라하고 작지만
네 넘실대는 수다가 그리워.

-2018. 04. 08.

다시 만난 북한산의 산부추꽃

가을이 되었다고
험한 바람길 마다하지 않고
웃는 얼굴 내밀어 주니
나는야 힘이 난다.

찬바람이 분다고
가파른 능선길 마다하지 않고
따뜻한 손길 내밀어 주니
나는야 의욕이 솟는구려.

-2018. 10. 12.

대원사 추억

관세음보살, 관세음보살을 연호(連呼)하는
목이 쉰 비구니 목소리에

피로와 간절함이 배어있는
그 눈동자가 촉촉하구려.

이윽고 대웅전 뒷산 장끼 푸드덕 날고
모퉁이에서 피어나는 꽃 봉우리 애틋하네.

-2019. 5. 10.

---

*대원사 : 경남 산청군 삼장면 유평리에 있는 불교사원

단풍

어느 임의 몸살이 저리도 붉단 말인가
어느 임의 홍역이 이리도 뜨겁단 말인가
한바탕 고비 넘기는 내 몸 안의 그리움
그 출렁거림이여

-2018. 11. 13.

달밤

웬일이다냐?
오늘따라 명월(明月)이 눈웃음을 다 치고
노송(老松)은 어쩔 줄을 모르네.

-2018. 08. 25.

저 소나무

이글거리는 네 눈빛
그놈과 마주치는 순간
내 목이 타들어가는 갈증의 파도
눈을 뜨네.

한 모금의 생명수가 요긴한
이 순간을 저리 푸르게, 푸르게 견디어내는
네가 진짜 시인임을
나는 안다네.

-2019. 04. 20.

어느 작가의 안빈낙도(安貧樂道)

돈을 벌기 위해 살지 않기에
내 비록 돈이 없어서

유배지 같은
궁벽한 곳으로 옮겨와 살지만

그래도 햇살만큼은 넉넉하여
마음껏 햇볕을 쬘 수 있다네.

-2018. 09. 27.

큰처남 댁·1

큰처남 댁 뒷산 여기저기에서는
알밤송이들이 툭툭 떨어져 구르고,

가을햇살을 받는 애호박은
윤기를 더해가며 식욕을 돋우네.

-2018. 09. 26.

큰처남 댁·2

큼지막한 대추알이 주렁주렁 매달리어
가지 부러질 듯 위태로운, 뒤뜰의 대추나무

무심코 바라보는 이마다
놀라는 얼굴에 이내 번지는 미소

-2018. 09. 26.

달맞이

유난히 크고 밝은 저 보름달 바라보시게.
이 몸이 다 가벼워지고
이 마음까지 다 정갈해지네.

일 년 삼백육십오 일 가운데
단 하루만이라도 저 달처럼 밝고 크게
이 내 몸과 마음이 두리둥실 떠올랐으면 좋겠네.

-2018. 09. 26.

춘란(春蘭)

빗방울이 소문을 찍어 바르는 밤
어둠을 뒤로한 채

우산 속에 얼굴을 묻고
어디를 급히 가시나이까?

이미 가있는 마음 따라
뒤쫓아 가느라 종종걸음 치는 여인이여,

-2018. 08. 28.

구기계곡으로 하산하며

봄은 징검다리 건너듯
조심조심 오시는데

나는 한눈파느라
동토(凍土)에서 한 걸음도 떼지 못했네.

-2018. 03. 16.

봄 인사

봄이 되었다고
봄비가 촉촉이 내려
타들어가는 갈증을 풀어주니
이 얼마나 고맙고 감사한 일인가.

봄이 되었다고
봄꽃들이 이곳저곳에서 앞 다투어
울긋불긋 피어나주니
내 눈에는 극락이 따로 없고
천국이 따로 없네.

-2017. 04. 13.

함박눈

함박눈은 아무리 바빠도
소리 없이 조용조용 내리기를 좋아한다.

함박눈은 내가 잠들어 있을 때에
몰래몰래 내리기를 좋아한다.

뜻밖의 선물인 양
나를 깜짝 깜짝 놀라게 한다.

자고 일어나면
바깥세상은 하얗게 변해있고

눈 덮인 세상은 한없이
고요하고 포근하다.

눈을 감으니

바람아,
까마귀 다급한 울음소리 들려온다.
네가 먼저 가 보거라, 저 골짜기.

-2018. 08. 26.

노랑제비꽃·2

여보! 여보! 빨리 나와 봐요!
우리 집 돌 틈에 노랑제비꽃 피었다!
피었어요! 간밤에 노랑제비꽃이!

-2018. 08. 26.

더덕무침을 먹으며

이 맛은
인삼이 대신할 수 없고

이 향은
도라지가 대신할 수 없지요.

-2017. 12. 31.

추운 진달래꽃을 바라보며

벌 나비가 없는
이른 봄날에

꽃을 먼저 피우는 것은
바람을 믿기 때문이겠지요.

세상에 의미 없는 현상은 없으나
단지, 내가 모를 뿐이네.

-2019. 4. 6.

눈 덮인 세상에 갇히어

하얀 눈으로 뒤덮인 세상은
그래도 포근하지.

칼바람만 불어제치는
꽁꽁 얼어붙은 대지보다야 낫지.

동토의 거대한 침묵 속에서도
꿈틀대는 불길이 보이는데

하물며,
눈 덮인 세상 속에서야.

봄을 기다리는 생명들의
숨소리 유난히 크게 들리네.

-2018. 03. 20.

산(山)

산은,
늘 그립지요.

그리운 산속에 있어도
산은 그립고

멀리서 바라보아도
산은 더욱 그립지요.

이 능선 너머 저 골짜기에
가늠할 수 없는 아득함이 고여 있고

이 봉우리 너머 저 봉우리에
알 수 없는 고요가 숨 쉬기 때문일까.

그 안에 있어도
그 밖에 있어도

산은,
늘 그립지요.

-2018. 11. 11.

어느 해 일출을 기다리며

매일 뜨고 지는 해이건만
새해 첫날, 각별한 의미를 부여하면서
간절히 기대하는 것도 한낱 욕심이겠지요.

저 태양을 중심으로
멀리 돌고 도는 이 지구의 굴레로부터
사계절 낮과 밤을 부리시는 관계에 감사하고

이 지상의 모든 생명이
그 리듬에 맞추어 춤을 추나니
매일 뜨고 지는 해이건만 절로절로 고개 숙여지네.

-2018. 01. 01.

제3부

눈을 뜨고 보니·1

꽃잎이 너무 붉어
나는 슬프다.

저토록 절박하게
살지 못함일까?

네 간절함은 알겠다만
나는 정말 슬프다.

내가 붉지 못함일까?
네가 나를 닮았음일까?

-2019. 04. 25.

눈을 뜨고 보니·2

당신의 입김으로
세워지고

당신의 입김으로
사라지는

나는,
나는,

한 점 바람이요
구름이요

한 점 눈물이요
별빛일 뿐

-2018. 12. 12.

눈을 뜨고 보니·3

아침나절에
잠시 햇빛을 받아
반짝거리던 여린 새싹이었소, 나는.

저녁나절에
잠시 달빛을 받아
반짝거리던 단풍잎이었소, 나는.

-2018. 12. 12.

눈을 뜨고 보니·4

나는 떠밀려가네
떠밀려가네
이리저리 쓸려가는 거리의 낙엽처럼
나는 떠밀려가네
떠밀려가네

둥둥 떠밀려가네
떠밀려가네
몰려왔다가 사라지는 하늘의 구름처럼
둥둥 떠밀려가네
떠밀려가네

평생을 두고
열병을 앓듯 살았어도
몸살을 앓듯 살았어도
살았다 할 것도 없이
소리 없이 떠밀려가네
떠밀려가네

그러나 저 낙엽이 그러하듯
나는 미련이 없고

저 구름이 그러하듯
나는 아쉬움도 없이
둥둥 떠밀려가네
떠밀려서 가네

-2018. 12. 29.

아버지의 임종을 지키며

깡마른 몸조차
떠받치기 버거워 보이는
거친 숨소리

언제 무너질까
언제나 멎을까
노심초사 지켜보는데

하루를 넘기고
이틀을 넘기고
사나흘을 넘기시다가

마침내
심장박동이 멎고
그 거친 숨소리마저 멎는다.

그 순간,
아버지는 천근만근
무거운 침묵덩이가 되고

그 순간,
아버지를 삼킨 적막은
내가 해독해야 할 캄캄한 바위가 된다.

-2019. 3. 30.

---

*이상하게도 지난 2019년 1월 초에 돌아가신 아버지의 마지막 숨소리가 자꾸만 떠오르곤 한다. 물론, 아버지의 임종을 곁에서 내내 지켜보았기 때문이 아닌가 싶다. 덕분에 나는 몸과 숨과의 관계 곧 생명과 죽음의 거리에 대해 많이 생각하게 됐고, 오늘 이 시 같지 않은 시 한 편을 얻었다.

김치와 나

나는 김치를 참 좋아한다.
보통 사람들보다 세 배 정도는 족히 먹는다.
그래서 생긴 버릇인데 김치 버리는 일은 없다.
아무리 맛이 없고 시어빠졌어도
그로써 이런저런 요리를 해서 다 먹는다.

어느 날 식탁 앞에 앉아서
새 무김치와 배추김치를 번갈아 먹으면서
내가 유별나게 김치를 많이 먹는다는 사실을 재확인하며,
그 흔한 무 배추에게 감사하다는 생각을 했다.

배추귀신, 무귀신이여,
참 고맙고 감사하네.
당신들 덕으로
오늘 내가 잘 먹고 잘 살고 있소이다.

밥을 먹다 말고
묵념 아닌 묵념을 올리는 나,
내 생명의 구세주와도 같은 김치, 김치를
어찌 좋아하지 않을 수 있으랴.

-2017. 12. 25.

숨을 거두신 아버지 얼굴을 바라보며

아버지,
그동안 사시느라고 고생 많으셨습니다.
정말, 수고하셨습니다.

아버지,
저희를 길러 주시고 사랑해 주셨음에 감사합니다.
정말, 정말, 감사합니다.

아버지,
이제 다 내려놓으시고
무(無)의 품안에서
아니, 아니, 성령의 품안에서 편히 쉬소서.

하지만 이 말이
얼마나 무력한 것인가를 알면서도
결국은 하게 되네요.

-2018. 01. 20.

나는 괜찮아요

사람들은,
그대 커다란 나무 밑에 들앉아
시원한 바람을 쐬고 있군요.

나는, 그 속에 들지 못하고
뙤약볕 속에서 고갤 떨군 채
뚝뚝 떨어지는 땀방울을 바라보는데

사람들은,
그대 든든한 우산 밑으로 기어들어가
비바람을 피해 몰려 서있군요.

나는, 그 안에 들지 못하고
비바람 속에서 홀로 버티며
새파랗게 변한 입술을 깨물고 있는데

하지만 괜찮아요, 나는.
설령, 이대로 심장이 멈출지라도
나는, 나는 괜찮아요.

그 나무그늘과 그 우산이
영원한, 나의 것이 아님을 알기에
내 그늘을 믿고 내 우산을 믿기에
나는 괜찮아요. 괜찮아요.

-2018. 08. 24.

천지(天池)와 나[我]

내 좁은 가슴에
너를 품고 한달음에 달려왔건만
정녕, 당신은 얼굴을 드러내 보이지 않는구려.

당신에게 이르는
발걸음마다 험하되 험하였사오나
그것이 나를 미워하거나 거부함이 아님을 압니다.

지금까지 살아온 길이 그러했듯이
앞으로도 가는 길이 그러할 것임을
애써 일깨워 주심임을 또한 잘 압니다.

천둥번개 폭우폭설에 강풍까지
한꺼번에 모두 안겨 주면서도
당신은 내게 한 십년쯤 더 살아보라고,

십년을 더 젊어지도록
내가 알지 못하는 신령스런 기운을
내 정수리에 불어 넣어 주었지요.

이제 내게 남은 일이 무엇이겠습니까?
지금껏 거친 풍파 헤치며 살아온 것처럼
앞으로도 그렇게 살라는 뜻임을 자각하면서

생각이 더욱 많아졌음을 고백하나이다.
생각이 더욱 깊어졌음을 고백하나이다.
그러나 그런 생각조차 다 버려야 함을 압니다.

-2017. 07. 15.

나를 위하여

우리는 백년이고 천년이고
죽지 않고 살 것처럼 말하고 행동하지만
그리 오래지 않아
맛있는 음식을 앞에 놓고도
입안에 넣지 못하고,

산수유 진달래 피어나고
노랑제비꽃 앞 다투어 피느라고
바깥세상이 요란해도
아무런 의욕조차 내지 못한 채,

그저 침대 하나에 묶여있는
그런 슬픈 날이,
슬픈 날이 오고야 마네.

딱 당해서 후회하지 말고
지금 이 순간을 가장 소중하고도
감사하게 받아들이며
작은 일 하나하나에 그대 진정을 다 쏟아 부으시라.

비록, 소소한 일상사들이지만
기쁨을 얹고 의미를 부여하면서
가능한 한 정성을 깃들이면서
내가 먼저 베푸시라.

베푸는 자의 마음은 언제나 즐겁고
즐거움은 평안을 넘어
스스로의 마음을 어질게 하나니
어찌 삶의 애환이
깊은 주름되어 파일 리가 있겠는가.

얼굴은 내 마음의 거울이요,
거울에 비친 얼굴은
지난 내 삶의 역사이리니….

-2018. 04. 12.

시인을 위하여 (노랫말)

물위에 떠가는 물방울마냥
가벼이 떠가네.
가벼이 떠가네.
얼마 가지 못해서 꺼져버릴 줄 알지만
물위에 떠가는 물방울마냥
자유로이 떠가네.
자유로이 떠가네.

솔잎 끝에 매달려 반짝거리던 빗방울처럼
저 홀로 꿈을 꾼다네.
저 홀로 꿈을 꾼다네.
해 드러나면 금세 사라져버릴 줄 알지만
솔잎 끝에 매달려 불 밝히는 빗방울처럼
저마다 꿈을 꾼다네.
저마다 꿈을 꾼다네.

-2017. 12. 31.

---

*시인은 늘 꿈을 꾸는 자들이다. 구차한 생활 속에서도, 제 마음에 들지 않는 각박한 현실 속에서도, 힘들고 괴로울수록 꿈을 꾸며, 그 꿈을 가꾸어가는 족속들이다. 그가 꾸는 꿈이 물위에 떠가는 물방울마냥 가볍게 떠가다가도 금세 꺼져버리고 말지만 또 부풀어 올라 물위를 떠가는 그런 존재들이다. 그렇듯, 그 꿈들은 솔잎 끝에 매달려 반짝거리는 빗방울 같다. 구름 밖으로 해가 나오면 금세 사라져버리고 말지만 저마다 불을 밝히어 반짝거리고 싶은 것들이다. 평생 시를 써온 나를 포함해서 이 땅에 수많은 시인들을 위해서 노래 한 곡 정도는 뽑고 싶었다.

시인과 화가

1.

깻잎에 향이 없고
고추에 매운 맛이 없다면
그것들이 어디에 쓰이겠는가.

그 미물조차도 어우러져서
우리 식욕 돋우는 쏘가리 매운탕에
일미를 더함으로써 마침표를 찍나니

그대나 나 또한
저마다의 향을 간직해야
한 세상 어우러지는 맛을 내지 않겠는가.

내 말이 의심스럽거들랑
사시사철 천지간에 피어나는
크고 작은 풀꽃들을 보시게.

그들도 각기 다른,
빛깔에 생김새에 향을 지녔기에
더더욱 살갑다네.

2.

들고 보니 자네 말도 틀리지 않네만
자네 향은 무엇이고,
나의 냄새는 또 무엇인가?

오늘부터는 스스로를 들여다보고
자네를 생각해보는
거울 앞의 시간을 갖겠네.

그렇게라도 노력해야
자네와 나의 관계가 더욱 각별해질 터이고,
서로에 대한 소중함도 깨달아지지 않겠는가.

아무렴, 그렇고 말고.
자네가 그리는 그림도 그렇거니와
내가 쓰는 시(詩)도 마찬가지일 걸세.

-2018. 12. 18.

미얀마의 3대 장인(匠人)

내 비록 주마간산 격으로나마
'미얀마'라는 낯선 나라를 돌아보니
이곳에는 실로 고단한 직업을 가진
세 부류의 노동자가 있었음을 알겠네그려.

하나는, 금 조각을 두들겨
금박종이로 환생시키는 이들이요,
다른 하나는, 황토를 짓이겨
붉은 벽돌을 구워내고
그것으로써 불탑을 쌓고 성전을 짓는 이들이요,
또 다른 하나는, 티크나무에
신화와 꿈을 아로새기는 이들이라.

어깨와 팔이 빠지고
두 눈이 짓무르고
열 손가락에 옹이가 박히도록
중노동을 해야 했던 저들을 두고
내 미얀마의 3대 장인이라 부른다 해도
그런 나를 두고 손가락질 할 사람은 없으리라.

사람 사는 곳이라면 의당 널려있는
크고 작은 금빛사원들이 말해주고,
화려한 왕궁 안팎의 장식이 또한 말해주지만
티크나무로 지어진 옛 사원이,
노을을 건너가는 소박한 나무다리가,
물 위에 떠있는 수상가옥들이,
대나무로 조성한 부처상들이
하나같이 세월 앞에서 목이 쉬었네그려.

-2019. 1. 6.

유별난 복더위를 나며

일찍이 경험해 보지 못한 복더위 나느라
얼마나 고생이 많았는지
오랜만에 만난 사람 몸은 야위어 있고
얼굴은 반쪽이 되었네그려.

낮에는 불볕더위로 뜻대로 운신하지 못하고
밤에는 후덥지근하여 잠을 이루지 못해
이리 시달리고 저리 시달리다보니
여름 한 철 무사히 나는 것만으로도
다행이고 대단하다는 생각마저 드네.

어제는 삼계탕집이 오늘은 보신탕집이
내일은 민어탕집이 북적일까?
깡소주도 인삼주도 좋고 청주도 좋다마는
삼복더위에 사람 죽었다는 소식 없었으면 좋겠네.

-2018. 08. 19.

故 장 ○○ 문학평론가를 생각하며

고것이 슬 때에는
그 짓을 하라는 뜻이었는데
왜 자꾸만 짓눌러 두었던가.

지나고 보니
모든 게 아쉬울 따름이라는
그의 회한이 유독 귓전을 맴도네.

똑똑한 그도
이 세상을 떠날 때에는
눈물콧물 흘리고 똥오줌 못 가리는
한낱 어린 애가 되었었는데

종국엔
깨끗할 것도 더러울 것도 없는
적멸(寂滅)의 심연으로 가라앉았네.

-2018. 06. 17.

故 안영동 선생을 추억하며

바람이 불면
위태롭게 흔들리거나 날아가 버릴 것 같은
왜소한 몸을 지니고도 그는,
곧잘 사람들을 불러 모아 식사대접을 하곤 했지.

그때마다 손님들에겐
술과 고기 안주를 권하면서
많이 먹고 많이 마시라며 말을 아끼지 않던 그는,
정작 소식(小食)하며 술과 고기를 입에 대지도 않았었지.

그래, 마른 장작이 되도록 오래오래 살 것 같은,
그런 그도 80고개 중반을 넘기다가
돌연, 불길처럼 번진 암으로
너무나 쉽게 세상을 떠나버렸지.

병석에 누워서 손가락을 헤아릴 때에도
이 세상에서 글을 제일 잘 쓰는 사람으로
나를 기억하며 내 책을 쓰다듬었다는데
나는 작별의 입맞춤조차 하지 못했네.

-2018. 06. 17.

제4부

기습폭우 내리던 날 밤

번개, 질긴 어둠 칼날로 찢고
천둥, 소름이 돋도록 공포를 찍어 바른다.

더욱 거칠게 쏟아지는 폭우,
물폭탄이 곧 큰일을 낼 것만 같다.

잠시 후, 빨간 페인트 통을 엎지르며
질주하는 경찰차의 비상 경고음

그 너머로 빛바랜 그림처럼
정적이 도심의 복부를 짓누른다.

-2018. 08. 28.

모래시계를 들여다보며

주인 몰래 몸속으로 들어와 내 생명의 빵을 야금야금 갉아먹는 생쥐 같은 놈을 드디어 찾았는데 문제는 그 녀석을 잡을 수가 없다는 사실이다.

하도 약삭빠르고 작아놔서 살금살금 다가가 몽둥이로 내려칠라치면 쌓아놓은, 우리들의 양식 쌀가마니 틈새로 잽싸게 들어가 숨어버리기 때문이다.

내 이 놈을 산 채로 잡으려고 그가 다니는 길목마다 이런저런 덫을 놓아도 요리조리 잘도 피해 다니니 내 몸 안에서 내 생명을 갉아먹는 소리가 들려도 신경을 곤두세울 뿐 뾰족한 수가 없다.

지금 이 순간도 내 위장의 벽을 야금야금 갉아먹고 있는, 이놈의 생쥐 같은 시간(時間)과 한바탕 숨바꼭질을 하고나면 그놈의 배설물이 한 움큼씩 내 몸 안에 쌓여 간다.

-2018. 11. 18.

현장에서

귀신 씨나락 까먹는 신음소리를 짓누르고 있는 시집 속에 갇힌 문장들이 모여서 나의 귀한 산삼주 한 병을 훔쳐 마시고 있는 현장을 덮쳤다.

그러나 그들은 태연하게 오리발을 내놓으며, 바깥풍경을 응시하고 있었다. 유리창 밖은 하얀 눈 대신에 검은 비가 내리고, 사람들은 다 어디로 숨어버렸는지 아무도 보이지 않았다. 그저 죽은 사람들의 뼈인지 그 잘난 시들의 잔해인지 비에 젖어 썩은 나무기둥이나 돌풍에 부러진 잔가지들처럼 거친 강물에 휩쓸려 떠내려가고 있었다.

나의 산삼주가 바닥을 드러내니 이상하게도 내 속이 다 개운해졌다. 돌연, 햇살이 눈부신 것이 이 땅에 봄이 오긴 오는 것인가.

-2018. 03. 23.

검은 모래

어두운 구름 한 점 피어오르더니 멀리멀리 사방으로 퍼져나간다. 마침내 하늘의 절반을 가리고 내 머리 위에서는 우두둑 우두둑 우박 같은 알갱이들이 마구 쏟아진다. 그것은 분명 싸락눈도, 우박도 아닌 검은 모래였다. 지상은 금세 황량하지만 이상한 검은 모래사막이 되어 있었는데 자세히 보면 갖가지 바다생물들이 여기저기에 흩어져 퍼덕퍼덕 몸부림을 치면서 가쁜 숨을 몰아쉬고 있었다.

사람들은 눈이 휘둥그레진 채 이게 웬 떡이냐는 듯 요리해 먹어야겠다는 식욕이 돌았는지 그것들을 주워 담으려고 허리를 굽히고 손을 내밀자 이내 그것들은 그들의 손끝에서 녹아내리며 먹물만이 주르륵 주르륵 모래바닥으로 흘러내리어 스며든다.

사람들은 이 괴괴한 장면을 저마다 목도하고서 사색이 된 채 혼비백산 집으로 달아나지만 늘 지척에서 보았던, 어깨 너머 그 출렁대던 바닷물도 이미 사라져버리고, 낯선 풍경이 그림처럼 찢기어져 있고, 그 황량함 속에서는 피골이 상접한 인간 무리들이 허기진 들개처럼 길게 자란 송곳니를 드러내 보이며 달려들고 있었다.

6월 산길을 걸으며

간밤에 누가 검은 모래를 흩뿌리며 지나가셨나? 먼지가 폴폴 이는 산길에 갉아먹다만 나뭇잎들이 어지럽게 흩어져 있고, 저들이 시들어가면서 내는 풀냄새가 이따금 코를 후비곤 한다.

가물었어도 너무 오래 가물었구나. 송충이들만 호시절을 만나 그놈의 배설물이 떨어지며 내는 소리가 영락없이 싸락눈 떨어지듯 한다. 그 덕으로 작은 새들도 신이 났는지 나뭇가지에 걸어놓는 한 소절 노랫가락에 윤기가 묻어있구나.

지난해 쌓인 마른 낙엽더미 위로 송충이 떼 똥싸라기 떨어지는 이 소리가 빗방울 듣는 소리라면 얼마나 좋을까. 아니, 아니, 비가 올 테면 한 사나흘 넉넉히 쏟아져 목마른 대지를 촉촉이 적시고, 넘치는 빗물이야 흘러내리면서 지금 숨 막히게 하는 검은 배설물과 허공 중에 미세먼지 말끔히 씻어 내리면 누가 뭐라나.

-2019. 6. 6.

간밤에 천둥번개

얼음장이 깨어지듯이
까만 적막에 빛을 뿌리며
지렁이 한 마리 기어가네.

어둠으로 가득한 허공주머니
부풀어 오른 풍선 터지듯이
길게 찢어지는 순간,

베란다 유리창은 덜꺽거리고
폭우가 맹렬히
쏟아지기 시작하네.

간담이 서늘해진 탓일까
조마조마한 마음으로 숨을 죽이다가
겨우겨우 새우잠을 잤는데

밤사이 급류에 휩쓸려서
떠내려가 버린 나의 꿈자리는 좌초되었을까,
대양(大洋)에 이르렀을까?

거짓말처럼 맑게 개인 날 아침,
나의 늦잠을 깨우는,
새들에게 묻네.

-2018. 10. 12.

단상(斷想)
– 어느 정치인의 투신자살을 생각하며

높은 곳에서 떨어져도
꽃잎은 나풀나풀 여유로운데

험한 곳에서 추락해도
나뭇잎은 사뿐사뿐 내려앉는데

사람은 꽃잎이 아니고
사람은 나뭇잎도 아니기에

떨어지는 것은 순간이고
추락하면 처참해지는가.

-2018. 07. 31.

제5부

존재하는 것들은

깃발 요란스레 펄럭이지만
알고 보면 텅 빈집이라네.

-2017. 12. 10.

---

*존재하는 모든 것들이 그렇고, 인간이 부여하는 의미들이 그렇고, 내가 쓰는 시들이 그렇고, 내 생명이 또한 그러하다.

공(空)

점점 닳아져서 작아진다는 것
점점 작아져서 없어진다는 것
점점 없어져서 온전히 사라진다는 것
온전히 사라져서 더 이상 사라질 것이 없다는 것
그렇다고 존재하지 않는 것일까?
분명, 그대는 없지만
없는 그대를 담고 있는 하나의 그릇이 보이네.

-2019. 5. 4.

미인박명

대저, 미인박명이란 말은 옳은 것 같은데
시달림 탓일까?
얼굴값 하느라고 부린 성깔 탓일까?

-2018. 08. 26.

철들자 이별이라

여보게, 그냥 살던 대로 사시게.
갑자기 철들면
때가 가까워졌다는 뜻이라네.

-2018. 08. 26.

기다림

더 이상 기다리진 않을래요.
그것만큼이나 지루한 일이 또 있을까요?
그것만큼이나 초조한 일이 또 있을까요?

-2018. 08. 26.

아파트

앞뒤로 꽉 막힌, 빽빽한 고층 아파트,
뒤에서 보면 영락없는 벌집이다.
그저 먹고 살기 위해서 끊임없이 꿀을 실어 나르는.

-2018. 08. 27.1

포멧

컴은 다 지우고 리셋이라도 하면
새로 태어날 수 있지만 사람은 그것이 안 되네.
애시 당초 몸과 마음이 하나이기 때문일까.

-2018. 08. 28.

기습폭우

조금만 더 쏟아지면 큰일 나겠더니만
다행히 뚝 그쳐 주네요.
참, 묘미가 있어요, 묘미가,
자연의 담백한 연주(演奏) 속에는.

-2018. 08. 28.

친구들을 기다리며

오늘은 삭힌 홍어에 막걸리를 마시러
친구들이 몰려오는 날

맛있는 음식을 앞에 놓고도
입에 넣지 못하는,

그런 순간이 도래함을 생각하면
정녕, 축복이고말고.

-2018. 09. 18.

마음

'마음'이란 화두를 녹여 내보니
내 감정 내 욕구를 담아내는 그릇이면서
그 그릇 속을 비추어 주는 거울이었네그려.

-2018. 09. 24.

등잔

심지가 타들어가며 그을음을 내지만
등잔은 불이 꺼지는 때가 가까이 옴을
걱정하지 않네.

-2018. 10. 12.

덕수궁 돌담길에서

간밤에 몰아친 비바람으로
그 곱던 은행잎 다 떨어졌네요.
거리마다 쌓인 노란 은행잎이 아침햇살을 받아서
반짝반짝 빛을 발하는 것이 황홀합니다그려.
저것이, 하늘에서 떨어진 황금덩이였다면
난리가 났어도 벌써 났겠지요.
저것이, 황금 아닌 게 천만다행입니다그려.

-2018. 11. 09.

무서운 어리석음

행복해지고 싶으면
삶의 질을 높여야 하고,

삶의 질을 높이려면
머릿속에 든 어휘 수가 많아야 한다고 말하자

아뿔싸, 사람들은 그저
단어 외우기에 바쁘네.

-2018. 03. 27

자연과 사람

자연이
내어놓는 것들 가운데에는
버릴 것이 하나 없다만

사람이
만들어 내는 것들 가운데에는
버릴 것이 너무나 많네.

따지고 보면 그것들은
자연이 내어놓은 것들을 가지고
모방하거나 가공하거나
변형시키는 것들에 지나지 않지만

그 가운데에는
썩지 않거나
치명적인 것들이 숨어 있네.

-2018. 07. 15.

어느 리조트에서

천혜의 자연 위에
살짝살짝 문명이란 물감을 찍어 발라
에덴동산을 꾸며 놓았네그려.

-2017. 10. 20.

---

*필리핀 세부 크림손리조트 앤 스파에서

경계

우리는 없던 금을 그어
영역을 구분 짓고
자유로운 발걸음에 족쇄를 채우네.

우리는 없던 울타리를 쳐서
안과 밖을 구분 짓고
빈부와 귀천을 갈라놓으면서
성(聖)과 속(俗)을 바꿔 놓네.

하지만
성이 속이고, 속이 성이며,
빈자가 부자이고
부자가 빈자일 뿐

울타리 안이
감옥이 되고
천한 것이
오히려 귀하다네.

그런데 어찌 된 일인가.
나이를 먹으면서 자꾸만

자신의 내부에 없던 금을 긋고
없던 울타리를 치면서
스스로 갇히어 가네.

-2017. 10. 22.

말과 소리

말, 말은 너무 피곤하다.
의미가 담겨 있기 때문이지.
아무런 의미조차 담기지 않은 소리가
차라리 내 귀에 음악이고,
아무런 감정조차 실리지 않은 소리가
차라리 내 귀에 의미를 전하네.

-2017. 12. 10.

끝이 있다는 엄숙한 사실 앞에서

이 강물도 끝이 날 판인데
그 끝을 외면하는 듯 제법 도도하다.

이 바람도 유야무야 소멸되는 순간이야 도래하건만
그 끝이 없는 듯 오만스럽기 짝이 없다.

나 역시 사라지고 거푸집 같은 몸만 남아서
그조차 썩어 없어질 길을 가는 중인데

너무 많은 것을 갖고
너무 많은 것에 집착한다.

빼앗긴 젓가락 장단

똥구멍 찢어지게 가난했어도
우리에겐 젓가락 장단이 있었는데

비록, 못 입고 못 먹었어도 신명이 나면
우리에겐 어깨춤이 절로 들썩이었었는데

오늘날 좋은 집에 살며 먹을 것이 넘쳐나도
흥이 나질 않는 이유는 무엇일까요?

천박한 자본주의 돈맛을 알기 때문일까요.
먹어도, 먹어도 허기진 욕구 때문일까요.

-2018. 11. 30.

임

태풍처럼 오시옵소서.
그리하여 목이 뻣뻣한 나부터
꺾으시옵소서.

태풍처럼 오시옵소서.
그리하여 고개 숙일 줄 모르는 것들을
쓰러뜨리옵소서.

태풍처럼 오시옵소서.
태풍의 눈이 되어 오시옵소서.
임이시여, 임이시여.

-2018. 08. 23.

제6부

내가 똥구덩이에서 사는 놈이지

뻔뻔한 사람들이 투신하는 것 보았는가?
고층아파트에서 혹은 벼랑에서
하나뿐인 자기 몸을 던진다는 것은
결코 아무나 하는 게 아니지.

그래도 수치심이 있고,
그래도 자기반성이 있고,
그래도 책임감이 있고,
절망할 줄 알아야 감행할 수 있는
최후의 일격이지.

그래서일까, 똥구덩이에서 사는,
도무지 투신을 모르는 사람들이
똥냄새가 적게 난다고 그를
정의롭다, 의인이라며 치켜세우며
다 같이 눈물을 훔치는 것인가.

-2018. 08. 02.

두더지 길을 내는 시절에

산불은
이곳저곳에서 강풍을 타고
번지어 가는데

과거사를 파헤쳐
오늘을 정당화하는 일에 급급한
두더지 열심히 길을 내는 시절에

봄이랍시고
진달래 피를 토하듯
위태롭게 벼랑에 피었건만

미세먼지 가득한
이 흐린 세상에 갇히어
시들시들 지고 말겠구려.

-2019. 04. 07.

빌딩숲을 거닐며

우후죽순처럼 솟아나는
지구촌의 초호화 고층빌딩들을 올려다보면서
너도나도 놀라며 찬미하지만
그만큼 근심걱정도 늘어나게 마련이다.

빌딩 하나가 높이, 높이 솟는 만큼
어디에선가는 깊이, 깊이 파헤쳐지고,
빌딩 하나가 견고하고 화려한 만큼
어디에선가는 무너져 내리고 헐벗기 때문이다.

그래서 우리의 웃음이 한 술이면
우리의 근심도 한 술이고,
우리의 즐거움이 한 솥이면
우리의 걱정도 한 솥이다.

-2017. 12. 21.

바닷모래 채취 현장에서

어느 날 갑자기
포클레인 군단이 몰려와
달동네 낮은 집들을 깔아뭉개 버리듯이,
이제는 불도저 군단이 내려와
짓뭉개진 집터를 온전히 밀어내 버린다.

예기치 못했던 산사태가
평온했던 마을을 하루아침에 덮쳐버리듯이,
강력한 쓰나미가 밀어닥쳐
온 마을을 휩쓸어 버리듯이,
잘못 계산된 인재(人災)이지만
이곳은 분명 아비규환의 생지옥!

혼비백산하여 필사적으로 달아나는
넙치 쥐가오리 문어 게 대도라치 등도 있다만
대다수는 모래와 함께
불가항력적으로 빨려 들어가 버리고 마는
여기는 바닷모래 채취현장!

흙탕물에 요동치며 떠내려가는
숱한 치어들과 아직 부화하지 못한 알들이

말 한마디 못한 채 날벼락 속에서
생사를 다투는 곳!

한바탕 블랙홀처럼
바닷모래가 빨려 들어가고 나면
크레이터 같은 웅덩이가 파이고
그 속에서는 그 어떤 것도 살기 힘든
죽음의 적막만이 도사리고 있다.

여기는 서해와 남해
연안과 배타적 경제수역에서 자행되는
바닷모래 채취 현장!
하나를 얻기 위해서 많은 것을 잃어야 하는
지구생명에 깊은 자상 하나를 남기는
눈이 먼 곳이다.

신음소리 들리네

높은 빌딩 하나만 들어서도
동네의 바람길이 달라지고
쫓겨나는 민초들의 원성이 자자하다.

바다 속의 모래만 퍼 올려도
오래된 물길이 바뀌고
온갖 어족들의 터전이 일순간에 사라져 버린다.

우리는 필요에 의해서
능력껏 빌딩을 올리고 골프장을 지으며
이제는 바닷모래까지 퍼 쓰지만

그 폐해가 잘 보이지 않고
지금 당장 살아가는 데에는 미미하다고 외면하며
고개를 쉬이 돌리지만

얻는 것보다 잃는 것이 더 많아지는 훗날
무서운 부메랑 되어 돌아오리니
뭇 생명의 신음과 비명을 귀담아 들어야 하네.

절망은 생략

있던 갯벌이 없어지면 없어진 대로
또 살아가겠지.
팔다리가 잘려나가도
살아가듯이.

있던 모래밭이 사라지면 사라진 대로
또 살아가겠지.
사지가 절단나도
살아가듯이.

있던 갯벌이 사라지고
있던 모래밭이 없어지는 것은
팔다리를 잃는 불의의 사고가 아니라
알면서도 저지르는 고의사고다.

돈에 대한 인간의 눈 먼 욕구

그저 돈 되는 일이라면
옳고 그름조차도 없는
눈 먼 욕구만 존재하는 인간세상

당장 필요하다면
남의 집 기둥이라도 빼 쓰는 사람들,
보이지 않는 바다 속 모래라고
마구잡이로 퍼 올리는 사람들,
그를 허가해 주는 사람과
적당히 눈감아주는 사람들이
어울려 살아가는 인간세상

물을 팔아서 돈을 챙기고
모래를 팔아서 돈을 챙기고,
허가해주고 묵인해 주어서 돈을 챙기는
사람, 사람들뿐인 걸 보니
왜 많은 이들이 목숨을 걸고서라도
법과 권력 앞에서
갈증을 느끼는지 알만도 하네.

그런 인간들의 무절제한 탐욕으로
숱한 생명들을 품에 안고
먼 길을 돌아가는 지구가 쭈글쭈글 비틀비틀
이제 아침마다 그의 안부를 물어야 하네.

아무리 생각해 보아도
인류 최대의 적이 다름 아닌 인간 자신이며,
하루하루를 살아간다는 것 자체가
다른 생명들을 해치는
죄를 짓는 일 외에 다름 아니네.

바다 속 어족들에게

너무 억울해 하지마라.
너무 원통해 하지도마라.
살기가 팍팍하고 험난할수록
죽을힘을 다해 살아 남거라.
이것이 최고 최후의 가르침이니라.

사람들은 수단방법 가리지 않고
몸에 좋다면 씨도 안 남기고 다 먹어치우지만,
사람들은 그저 돈이 된다면
물불을 가리지 않지만
너무 억울해 하거나
너무 분통해 하지도마라.

사람들의 이 화려한 세상이
통째로, 고스란히,
바다 속으로 가라앉아
너희들의 천국이 될 날도 있을 것이다.
그러니 희망을 갖고 살아라.
악착같이 살아 남거라.

이것은
이미 정해진 수순이요,
사필귀정이니라.

파헤쳐지는 바닷모래

급기야 서쪽에서 퍼다가
동쪽에다 구름궁전을 지으시네.

어디에선가 빠져나와 나뒹구는
내 좁은 사무실 바닥에 나사못 하나

요 며칠 눈에 영 거슬리었는데
무심결 의자에 앉으려다 엉덩방아를 찧고 마네.

자연의 이치

네 이놈!
갯벌이 거기 있을 때에는
다 이유가 있고,

바닷모래가
거기 쌓일 때에도
다 이유가 있느니라.

네가 그걸 무시하고
돈이 좀 된다고
네 멋대로 파헤치고
없애버렸겠다!

네 이놈!
있어야 할 곳에
마땅히 있는 것을 없앴으니
네 집구석도 기둥뿌리 뽑히고
와르르 무너져 봐야 알겠느냐!

속언(俗言)

하나를 얻으면
다른 하나를 잃는 법이지요.

둘 다 얻으면 좋겠으나
자연의 이치가 그러지 않답니다.

골프장을 만들고
빌딩을 짓기 위하여

우리는 급한 대로, 싸게 먹힌다는 이유로
바닷모래를 무분별하게 퍼 쓰지만

그로 인해서 오는 피해가
이만저만이 아니지요.

그것은 시간이 가면 갈수록
보이지 않던 것이 보이게 될 터이고

우리들의, 식탁 위로, 삶의 터전 위로, 잠자리로
먹구름이 몰려오듯 할 것입니다.

이재에 밝은 사람들이여,
어찌하여 갑자기 눈이 어두워지셨나요?

심사숙고하여
손익계산부터 잘 해보시라우.

우리들의 속병

아뿔싸,
저 모래 갖다가 이곳을 메우고
이 모래 갖다가 저곳을 메우는 꼴이니
겉보기에는 멀쩡해 보이나
속으로는 썩어가는 기둥이 하나 둘 늘어가지.

아뿔싸,
도심에 높은 빌딩 하나만 들어서도
바람의 길이 바뀌고
앞길을 가로막는 산과 둑을 높여도
물길조차 먼 길 마다않고 돌아가듯이

바닷모래 한 삽 퍼 올리면
해변모래 두 삽 쓸려 나가나니
손쉽다고, 다급하다고,
땜질처방 좋아하면
훗날 후회하며 통탄하게 되리니

눈 가리고 아옹하지 말고
값 싸다고 비지떡 덥석 물지 마세.
소를 잃었으면 외양간부터 고쳐야지

그저 길거리에 주저앉아 울 줄밖에 모르니
이놈의 속병 가실 날이 없구나.

바다와 지구

바다 속에는
지상에서 가장 높이 솟아오른
'초모랑마'보다 더 깊은 곳이 있다.

바다 속 깊은 곳에는
육지의 사해와도 같은
호수, 호수가 있다.

바닷물과는 물빛이 다른,
신비롭지만 바다생명이 살지 못하는
바다 속의 호수가 말이다.

바다 속 깊은 곳에는
붉은 용암이 끊임없이 솟구치는
화산도 있고

바다 속 깊은 곳에는
황량한 사막과도 같은
진흙밭도 있고

바다 속 깊은 곳에는

주검들이 쌓여있는
공동묘지도 있고

바다 속 깊은 곳에는
바다생명들로 붐비는
화려한 도심도, 온천도 있다.
뿐만 아니라, 숲도 있고 초원도 있다.

아직은, 아직은
지상이나 바다 속이나 살만하고
살고자 하는 생명들로 그 열기가 뜨겁지만

지상이 점점 사막화 되어가듯이
바다 속도 점점 황폐화되어가는 것만은
분명해 보인다.

뭇 생명들이 등에 업히고 품에 안기어 살아가는
크나큰 지구생명의 병을 깊게 하여
죽음을 재촉하는 것이

다름 아닌,
우리 자신임도 명명백백하다.
그래서 지구의 오전보다 오후시간이 짧다.

알들을 방사(放射)하는 산호초

수많은 바닷물고기들이 모여 살아가는
바다 속의 도시,
산호초가 형형색색 밀집된 곳에
보름달이 뜬다.

그에 따라 조수 간만의 차도 커지고
물살도 거칠어지는 틈을 타
그곳에서는 기다렸다는 듯
산호초 알들이 일제히 방사된다.

작은 고무풍선처럼 쏘아 올려진 알들은
거친 물살을 타고
어디론가 꿈을 안고 떠밀려가지만
더러는 다른 물고기들의 먹이가 되고
더러는 어딘가에 안착하여
새로운 산호초 숲을 이룰 것이다.

누가 가르쳐 준 것도 아닌데
살아남기 힘들면 힘들수록
종족을 번식시켜야 한다는
본능적 욕구에서의 몸부림이

가히 신비롭다.

어쩌면, 지상의 소나무가
자신의 죽음을 알아차리고
평소보다 몇 갑절 많은
솔방울들을 다닥다닥 매달고서
제 한 몸이야 장렬히 죽는 것과
다를 바 없으리라.

잘 나가던 국장의 뇌출혈

도처에 가시나무 우거지고
함정이 도사리며,
어둠 속에서조차
감시하는 눈들이 번득이는

삶의 이 음험한 골짜기를
홀로 헤쳐 가다가, 헤쳐 가다가
힘에 겨워 쓰러졌구나.
힘에 부쳐 꺾이어 버렸구나.

남은 힘을 가누어
겨우겨우 눈을 뜨고,
안간힘을 다해
비틀비틀 일어났으나

애석하게도
안타깝게도
조금 전까지 잘 나가던
그는 이미 아니네.

-2018. 03. 03.

산에 들면

단풍은 사람 입에서 먼저 들고
패션은 산에서부터 시작된다.

사람의 말이 얼마나 가볍고
사람의 옷이 얼마나 요란스러운지

산에 들면
저절로 깨닫게 된다네.

-2018. 10. 28.

쉐다곤 파야(Shwedagon Phaya)

금빛으로 반짝이는 언덕이면 어떻고,
언덕 위에 놓인 커다란 황금덩이면 또 어떠리.

그놈의 눈부신 금덩이가,
그 속에 박힌 영롱한 보석들이
당신에게는 금강석 같은 믿음이요,
최상의 능력자에 대한 최고의 찬미요,
덕망 높은 분에 대한 한없는 존숭일진대

곯아터진 내 눈에는,
빗물에 쓸려가는 흙덩이요,
바람에 날리는 쭉정이요,
더러운 발밑에 밟히는 꽃잎일 뿐이네.

우리의 믿음도, 찬미도, 존숭도
그 꽃과 같은 관념일 뿐
허깨비 같은 마음에서 나오는
관념의 높은 사다리요,
그걸 타고 기어오르는 우뚝 솟은 산일 따름이네.

나도 한때
그 쉐다곤 파야에 맨발로 올랐지만
거대한 관념의 집안을 들여다보았을 뿐,
어두운 굴속에 웅크린
내 마음을 들여다보았을 뿐
내손에 쥐어진 것은 아무것도 없네.

-2019. 01. 08.

---

* 쉐다곤 파야(Shwedagon Phaya) : 미얀마를 대표하는 불교사원으로 양곤 싱구타라
언덕에 높이 99.4미터 둘레 426미터의 중앙대탑이 있으며, 그를 중심으로 불상과 종과
보리수나무와 사진전시관과 박물관과 신쇼부(Shinsawbu : 1394~1471) 여왕의 사당
에 이르기까지 관련 시설물들이 복합적으로 배치되어 있는 사원이다. 많은 사람들은 이
곳에 헌납된 금과 각종 보석의 양과 그 장식, 그리고 오늘의 웅장한 대탑과 사원이 되기
까지의 전설적인 기원과 역사를 얘기하고, 수많은 인파가 몰려들어 저마다 불상 앞에 앉
아서 기도하고, 관욕식을 통한 복을 축원하며, 탑돌이 하듯 중앙대탑을 도는 불자들과
이들을 구경하며 사색하는 관광객들이 뒤섞여 북적인다.

후 기

後
記

나의 올망졸망한 시들을 읽다보니 '내가 많이 늙어버렸다'는 생각이 든다. 시인으로서 말 가지고 장난치는, 즐거운 일을 거부(拒否)하니 말이다.

게다가, 내 이야기가 아니면 엮고 꾸며서 보란 듯이 늘어놓지도 못하는 성미다. 세상 사람들을 위해서 쓴 게 아니라 오로지 나 자신을 위해서 시를 써왔다는 증거이기도 하다.

이런 의미에서 나는 결코 뛰어난 시인이 되지 못한다. 여러분의 '젊은' 혹은 '왕성한' 욕구를 전혀 충족시켜주지 못하기 때문이다.

144

후기

나의 시는 그저 소소한 내 삶의 기록이요, 내가 꾸는
꿈이요, 나의 작은 깨달음 같은 것들일 뿐이다. 이들이
세상에 나아가면 크게 환영받지 못하는 줄을 알지만
내 스스로 걸어온 길이기에 본능적으로 잠시 뒤돌아볼
뿐이다.

이 되돌아봄, 그것이 나의 시집이다.

2019. 07. 15.

이시환 씀.

이시환의 새시집

빈 그릇 속의 메아리

초판인쇄 2019년 7월 25일 　**초판발행** 　2019년 7월 30일

지은이 　**이시환**
펴낸이 　**이혜숙** 　펴낸곳 　**신세림출판사**
등록일 　1991년 12월 24일 제2-1298호

04559 서울특별시 중구 창경궁로 6, 702호(충무로5가, 부성빌딩)
전화 **02-2264-1972** 　팩스 **02-2264-1973**
E-mail : shinselim72@hanmail.net

정가 **10,000원**

ISBN 978-89-5800-212-3, 03810

당나귀의 꿈

당나귀의 꿈

권대웅 시집

●

민음의 시 48

민음사

自序

푹푹 냄새가 코를 찌르는 오래 썩힌 홍어처럼
내 몸과 정신도 썩어 문드러질 때까지 썩어 문드러져 버렸으면.
그러다 어느 봄날
그 움막을 나와 햇빛 환히 날아가는
나른한 눈부심만으로도 세상에 만족했으면……

1993년
권대웅

차례

1

화석

아무도 나를 깨우러 오지 않았다
수세기 바람 불고
잡념과 머리카락은 쌓여 썩고
더없는 어둠에 덮여 깊은 속

그렇게 내 모습도 묻혀 보이지 않고
흙의 내부를 더듬으며
뿌리들은 이 긴 시간 속을 내려온다
오랜 잠
그리고 나를 앞질러 간 빛들
등불도 없이 이 침묵의 구간을 지나가던
암호들 소리 없는 움직임만으로 벌레들은
머물다 가고
조심스럽게 눈뜨던 양치식물들

어떤 목소리가 세계를 깨우리라 생각하진 않았다
눈을 뜨면
잠 속에 깊은 잠 더 많은 잠
그러는 동안에도 나의 신경은 계속 자라나고
엎드려 기다리던 시간 위 박쥐들 날고

그러던 더 오랜 세월 어느 날

푸른빛으로 둘러싸인 목소리가 건너와
나의 심장을 건드린다
나의 문을 열고 나의 싹 나의 눈을 자라게 한다
땅 속의 벌레들 죽은 씨앗들 하나씩 일어나고
햇빛에 나의 가슴은 탁본되어 걸린다
나. 뭇. 가. 지. 위. 찬. 란. 한.

하여 지상의 어느 유목민들이
그것을 별이라 이름 붙이는 저녁
나의 잠 나의 노래는 흘러 더 먼
나라를 적시고
어둠 속 깊이 잠든 것만이 일어나
다시 세계를 잠재운다

솔개는 없다

더 이상 가늠할 것이 없다 저 지상에
놀던 짐승들 없고 발 닿을 곳 없고
빽빽하고 거대한 그 무엇들이 나의 눈을 어지럽힌다
높이 가늠할수록 정확하던 지상은 이제 없다

내려다보면 아득했던 골짜기
길과 작은 언덕이 이어져 손금처럼 펼쳐지고
나뭇잎사귀들 물이 반사하던 햇빛들 손을 들어
나의 비행에 신호를 주던 곳
저녁 산책 길에 굴뚝 연기가 자주
나의 쓸쓸함을 어루만져 주던 곳
인공위성처럼 단 한 번의 비행으로도
깊은 숲 상수리나무 잔뿌리의 아픔까지도 알았었다

이제 나는 날개 밑에 그 추억의 비행을 접어 두어야
한다
나의 발톱은 낡고 날개는 이 공기를 저항할 수 없다
우뚝 선 건물들
입을 쫙쫙 벌리고 떨어지기를 기다리는 창문들
질주하는 냄새들 아, 눈빛들

시력은 그것을 담아내지 못하고
부리는 그것을 가늠하지 못한다

가자 이제 저 날개의 골짜기 속으로
돌과 돌들의 구름 속으로
아주 높고 흐린 하늘 위 내려가
비로소 상수리나무 잔뿌리와 아픔을 같이해야 한다

그리하여 어느 날
빽빽한 건물과 건물의 틈새
자주 무너지는 소리에 고개를 들었을 때
나의 날개 형상을 한 비행기 한 대
당신의 머리 위로 질주해 오면
급히 몸을 감추시길
옛날 내 지상의 짐승들이 그랬던 것처럼

붉은 갈매기

저녁의 바다 위를 날아가는 붉은 갈매기
햇빛은 카페인처럼 뇌수를 적시고
눈부신 물결 위
날개에 걸리는 붉은 기억들
가슴에 껴안으며 날아갈 때
물속 깊이 알고 있는 물고기들 따라오고
물풀들 미끄러운 그리움으로
더운 이 바다에 긴머리 풀어 가는데
타는 노을 속 말없이
화려한 슬픔 위에 군림하는 붉은 갈매기
날아가며 사방으로 부서지는 파도 사이
붉은 리듬이 들려 와
좁쌀처럼 붉은 무덤이 터져 나와
너희들의 슬픔과
너희들의 황혼병에 미치는
붉은 갈매기
무리짓지 않는다
갈매기 중의 갈매기 붉은 갈매기는
어둠이 짙어 올 때까지
이 저녁 단 한 번의 확인 비행으로

세계의 상처와 세계의 아픔
껴안으며 홀로 붉게, 붉게 물들어
돌아온다

갈매기는 저녁에 자기 눈빛을 버린다

가슴에 바다를 품은 사람을 만나면 배를 쫓아
해변이 보이지 않을 때까지 그 사람을 따라가곤 했다.
나의 사랑은 붉은 눈동자
찬란히 햇빛 떨어지는 바다 위를 되돌아오면서
북받치는 가슴 투명하게 울기도 하였다.

바다로 지는 태양을 본 적이 있는가 누구든
빨간 크레용으로 부서지는 아이들이
비행접시를 타고 내려오는
환각 같은 환청을 본 적이 있는가
저무는 섬 바위 언덕
이 목마른 그리움 멀리 바라보다가
수평선 끝
한 곳을 오래 바라보고 있으면 그것이 나에게로 올까

우편선 하나 안부를 날리며 들어오는 저녁
멀리 보아야 할 필요보다 깊이 보아야 할 필요가 있으
므로
나는 바다에게 감추는 법과
함부로 드러내지 않는 법을 배우며 날았다.

얼굴 한번 마주한 적 없지만
천 길 물속 깊이 나와 같은 물고기 살고 있어 서로 닮
아 가고
높이 올라갈 때마다 그대 깊이 내려가 외로움 감출 때
말하지 않아도 껴안는 눈동자
서로 더 큰 물의 깊이를 닮아 가지만
알 수 있을까 이 저녁.
우리 눈 속에 품은 침묵 석류 알처럼 터져 나가
바다를 뒤척이게 하는 힘
모래는 고동의 귓바퀴는 들을 수 있을까

등대섬. 어두울 무렵 마지막까지 지켜본 세계
해풍에 날개가 닳을 때까지
이 넓은 바다에 뜨거운 가슴
터뜨려 버릴 때까지
날아가야 한다.
붉은 눈동자, 이 세상 함께 쓸어 모으며

저녁 강

안개는
몰래 피우는 마리화나처럼 밀려온다
살결에 깃발보다 더 많이 흐느끼는
물살의 비명

산 하나 집어삼키고
저렇게 괴로워하는데
아, 깊어라
온몸에 배인 어둠

눈썹을 태우며, 붉은
기억의 붉은 나비 떼들은 날아들고
배가 고파

물속을 들여다보면
어둠에 묻어나는 얼굴 하나
자꾸 다른 길로 가고 있다

공룡이 온다

그들이 오고 있다
흐리고 바람 부는 도시를 성큼성큼 다리 뻗어
건물과 건물 사이 저녁 그림자를 끌고
그들이 오고 있다

저것 봐 저 눈을
이제는 늙었지만 창유리에 번지는 저 시력을 보아라
검은 새들 내려오는 지붕 아래
외투 깃을 세우고 서둘러 간 사람이나
버스에서 택시로 바꿔 탄 사람들이나
그림자는 늘 쫓기는 기억을 갖고 있어
나뭇잎사귀 뒤 저녁은 빨리 숨고
새들은 바삐 날개를 감추는가

질주하는 자동차들 탁탁 꼬리를 잘라 내며
불빛의 틈새 그늘을 찾는 벌레들
두려워 오, 저녁이 오면 내 속에 울리는 발소리가 무
서워

매달린 전신주 수신 없는 통화와

불러도 대답 없는 담장들
담장의 붉은 혀들

돌아와 문을 닫고 누웠는데 일찍
불을 끄고 귀를 닫았는데
쿵쿵거리며 걸어오는 저 발소리를
왜 아무도 듣지 못하는가
꿈틀거리며 꿈틀거리며 땅심 깊이
누운 몸 흔드는 오래된 기억

공룡이 오고 있다 공룡이
발악하며 소리쳐도 들리지 않는 어둠 속
눈을 뜨면 얼룩진 천장 무늬 겹겹이 눈에 박히고
흐린 형광등 그 넓은 들판 속으로 모래 먼지 일으키며
한 떼의 공룡이 오고 있다

샨티니케탄에서 울다

비가 내린다 샨티니케탄*
부르면 스펀지처럼 젖어 드는 마을에
마을의 둥근 지붕 위에
오렌지색 비가 내린다.

이상하기도 하지
샨티니케탄에 오렌지색 비 내리면
마음의 숨구멍 열리고
지층의 저 오래된 기억 속에서 어떤 리듬들이 일어나
내 몸 전체가 노래가 되기도 하지

황홀한 빛에 젖어 날아오르는 새 떼들
깃털 가득 낡은 피리 소리를 떨어뜨리고
물안개에 퍼져
얼마나 더 깊이 살결에 배어야
온몸에 향기 흘러나는가

아스라이 번지는 연못의 물결 속으로
툭툭 한 겹씩 옷을 벗는 물꽃들 멀리
하늘의 둥근 계단을 내려와 두 눈 가득

부서지는 아이들
부질없는 미움들이 추억들이 진한 빛 속에 스며들고
사랑은 쓸쓸했고 나는 너무 큰 벌판인 것이어서
자주 뒤돌아보았다.

샨티니케탄
땅 깊은 하늘의 연못에서 흘러나오는 노래가
나그네의 발길을 묶는 곳
버려야 할 것들이 노래로 터져 나와
아픔과 용서와 눈물이 섞여 뒤범벅이 된
비가 내린다

*인도 서뱅골 지역에 있는 아름다운 마을로 시성 타고르의 정신적인
 고향이다. 그가 세운 대학이 있다.

적산가옥

내 산책의 맨 끝에 있는 집
여름에 무성했던 이파리들이 수북이 쌓여 있는 집
아무도 가기를 꺼려하는 집
오후 세 시의 적막이 두려워 마당에 서 있던 가문비나
무 비명을 지르는 집
정오에 치는 시계 종소리는 지루하고
나는 그 종소리 속으로 걸어 들어간다

지붕에 쑥 풀이 핀 집
낮은 처마 밑 목조 창문이 부푼다
멀리 집 밖에서 웅웅거리던 송전탑
방공 초소 위로 새 몇 마리 날아가고
오래 그것을 바라보고 있으면 쏟아지던 낮잠
쉰 밥풀 꽃처럼 자주 쓰러져 잠이 들었다
깨어나면 낯선 하늘에 찍히던 새 발자국
꽃뱀의 산책 길 같은 저녁
꿈에 보이지 않던 길 밖의 길 보이고
어둠에 배인 복도 끝 액자 속에 아버지 우두커니 서 있
었는데
애야, 이제 내 몸이 빈집이구나 내 몸이 빈집이야

삐걱거리는 계단을 내려와 저녁밥을 지으러 가던 할머니
그 빈집 모두 다 제 몸 속에 들어왔는데요 할머니
한숨 배인 나무 기둥마저 모두 제 뼈마디가 되었는데요

내 산책의 맨 끝에 있는 집
더 이상 물려주지 말아야 할 그 집
내 빈집에 무성한 잡풀이 핀다.

구름의 집

구름의 집은 어디인가.
떠도는 땅 낮은 언덕을 지나 방공 초소를 지나
오래된 송전탑 위
아무도 살지 않는 곳에서
하늘은 구름을 닮고
구름은 하늘의 빈 마음을 닮아 가는데

빨갛게 핀 여름 꽃들이
이름도 잊고 세월도 잊고
저렇게 많이 모여 있는 지평선 끝
하얗게 일어서는 열기 속으로 경춘선
만원 버스가 지나간다
손 흔들며 가는

사람의 집은 어디인가
오래된 지붕 높이 떠 있는 구름
마음도 덧없던 추억도 다 지나고 난 하늘에 머무는
구름의 빈집에 사람의 집이 있다

길 앞의 적막

새날이 온다 온다고 말한다
나는 책장을 덮고 창문을 연다
겨울이 끝나가는 지평선 멀리
누가 피리를 불고 오는가
나의 뇌 속에 구멍이 나는 피리 소리
그 속에서 흘러나왔던 많은 그리움과 적막들
눈물이 난다 늑골에 잔설이 녹는 삼월
쌓아 왔던 마음 한 켜 무너지고
알 수 없던 저 심연의 슬픔도 무너지고
열에 들뜬 얼굴로 나와 본
눈부신 오전
오래되었구나 세상은
햇빛도 저렇게 녹슨 가루로 부서지는구나
날아가는 먼지들
빨강, 파랑 신호등이 바뀌고
이 마음속 깊이 요란한 청춘의 클랙슨 소리들
저 세월로 건너갈 수가 없구나
버려진 사랑과 미움을 주워 담지 못하고
맞이하는 새날은 적막일 수밖에 없다

적막강산

길을 헤매다 머리카락이 세었다 이 도시에서
어느새 길은 닳고 지나온 길도 보이지 않는
오직 돌아온 곳으로의 흐름만이 감지되는 물길
아득한 공중에 매달려 소리 질렀다
알 수 없는 수신음들이 넝쿨처럼 내려오고
하늘 깊숙이 무성한 머리카락들 날리고
부르면 목이 감기는
손 내밀면 닿지 않는
어지러운 저 세상길
나 어디로 가지
사람과 사람 사이에서
빌딩과 빌딩 사이에서
두 손 가득 움켜쥔 공중 물결
바람이 내 손을 떠민다

내 몸을 새들에게

푸른 하늘에 뿌려 다오
구름을 닮은 날개와
추억을 닮은 눈동자
어울려 저녁 별 살찌우는 양식이 되어 다오
지상의 발걸음은 하찮은 것이었으니
육신은 껍데기뿐이었으니
거리를 배회하던 등불과 안개
오랜 늑골 깊이 쌓인 슬픔도 꺼내 가 다오
내 심장의 씨앗과
내 뇌수의 고통 또한 파헤쳐 찬란히 뿌리고 싶으니
세월의 머리카락과 붉은 잎 섞여 타오르는 들판
날아오르는 것들은 다 새가 아니라고
오, 날아오르는 것들은 다 환희가 아니라고
어두운 이 지상의 창문과 지붕 위
너의 눈을 빌어
너의 날개를 빌어
수천 갈래 흩어지는 숨구멍
공기 속을 흐르는 공중에 묻어 다오

오징어잡이

동해 불 밝혀라
가슴에 저무는 태양 불 달쿠고
어깨에 이마에 두 왕눈에
동해 불 밝혀라

너의 눈썹을 치장하라
백 촉 이백 촉 만 촉의 불빛 아래
너의 입술도 치장하라
물때가 왔으니
너무 오래 기다려 왔던 사랑으로
너무 오래 달쿠어 온 가슴으로 떠나는 오늘 밤 물길
불빛에 비친 바다는 흡반처럼 나를 빨아들이고
바람은 수면 깊은 곳으로 나를 끌고 간다.

수평선과 하늘이 맞닿는 어둡고 조용한 바다 위
나의 요란한 심장 소리에 검은 섬 독수리 갈매기 잠 다
깨어 모여들고
너무도 큰 빛에 눈이 먼 물고기들 나를 알아보지 못한다.
오래 기다렸다.
내 마음에 정충처럼 내 우주에 혜성처럼

너는 바다 속 깊이 물을 달쿠고
부르면 달아나던 잡으면 미끄러지던 밤과 꿈 사이

나의 깊이와 물의 깊이가 만나는 곳에
너는 미끄러지듯 숨 쉬고
나의 온도와 물의 온도가 맞닿아 떨어지는 곳에
너는 생포된다.
멀리 불빛을 보고 달려오는
아, 한 떼의 밤날치들 한 떼의 슬픈 추억들
뱃전에 소진된 물거품처럼 부딪치고
지나간 삶은 너무 뜨거워서 서툴렀다.

이제, 내 눈의 깊이로 너를 생포한다.
축하하라 바다 위의 많은 파도들아
부서지는 세상의 모든 물거품들아
바다는 거대한 산맥처럼 말이 없고
나는 산맥에 금맥을 찾는 탄부처럼
어두운 물심에 내 마음을 더듬는다.
동해 불 밝혀라. 망망대해 불 밝혀라.

양수리에서

강에서 사는 사람들은 강을 닮아 간다
그물을 올리며 그들은 자기 가슴에 남은 양식을 확인
한다
인자한 아버지처럼 칭얼대는 물의 투정 위에 돛대를 풀
어 놓고
말없이 강바닥을 넓혀 가는 그들

그물을 따라 자주 세월의 아픈 흔적도 따라 올라와
멀리 유전(流轉)하는 구름 한 번 바라보며 고개 숙이면
사무친 물속 깊이 올라오는 물방울들은
무슨 말을 하고 싶은 것일까
철없는 물고기 떼 무심히 지나갈 때
홀연 슬픔이 많은 모습으로 저녁 햇살은 떨어지고
물살에 입술 부비는 노을 애태우지 않아도
알지 내 알어, 고개 끄덕이며 자기 가슴에 묻고
지금 살아 있는 것들
무수히 파닥이는 것들 다스리며 돌아오는 그들
그윽한 깊이 감추며 후광에 비치는 붉은 얼굴
모두들 쳐다볼 때
허, 손 한 번 흔들어 물속에 어우러지는 그들

햇빛에 탄 팔뚝은 푸드득 튕기는 한 마리 잉어처럼
그물을 펼쳐 생기 찬 양식을 풀어 던질 때
물풀같이 미끄러운 여자들의 손가락
물의 깊이를 헤아려
가슴에 강이 흐르는 여자는 얼마나 따뜻할까
젖은 몸 푸릇한 내음 풍기며
낮게 낮게 가라앉는 풀잎
멀리 눈을 들어 젖은 머리카락 돌아서는
물푸레나무 그림자 길게 드러눕고
어슴푸레 짙어 오는 어둠 속으로 일찍 돌아가는 그들

알고 있는 것일까
두 갈래의 물이 만나는 슬픔
어우러져 한데 흘러가야 할 세월
밤이 되자 물새 알 같은 달이 부풀고
강의 아픈 늑골로부터 피어오르는 안개, 안개
물의 조상으로부터 받은 계시
그들의 법으로 잠든 밤 이 밤에 벌어질 반란을
절룩거리며 절룩거리며 수없이 밀려오는 강의 역사를
안개의 아픈 목소리를 듣고 있는 것일까

고요와 적막에 묻혀 물 뒤척이는 소리 깊은 밤
그래 알지 알어 꿈속에서도 물과 함께 어우러져
강에서 사는 사람들
강이 흘러가야 할 세월을 다스린다

시월

나는 세상에서 잊혀지고
나뭇잎은 내 기억을 덮어 가고
다람쥐들은 부지런히 도토리를 주워 나른다
숲 속에 작은 바람들 오솔길을 지우고
언덕은 햇빛에 부서져 내 얼굴을 덮는다
깨어나지 못할 잠
잠이 너무 깊어 조용한 숲 속에
또 나뭇잎이 쌓인다

나는 세상에서 잊혀지고
나와 함께 잠들었던 벌레들은
땅껍질을 뚫고 나가 굳은 모래가 된다
얼마나 시간이 흘렀을까
땅속의 구름들
땅 밑을 흐르는 내 머리카락과
눈뜨는 뿌리에게 가닿는 신경들

나뭇잎은 떨어지고
그래서 내 어깨 위 두터운 산맥이 쌓인
시월의 깊은 잠을 다른 이들은 알지 못한다

웅웅거리는 지상의 송전탑들
빠른 속도로 지평선에 도달하려는 구름들
공중에 알 수 없는 소리의 발자국들만 남길 뿐
헛되이 부서질 뿐

시월의 숲 속에 오는 것을 두려워하지 말자
시월에 나뭇잎이 떨어지는 소리에 귀 기울이자
한 잎씩 기억은 눈뜨고
한 잎씩 하늘은 가까워져
다 들여다보이는 그 속
바삐 움직이던 다람쥐들은 멈추고
나는 세상에서 오래 눈뜨고

어둠 속 아무도 오지 않는 방에 누워
나는 보았다네
팽팽히 당겨 오는 한기 속에
뻗쳐 오는 힘 그 푸릇한 기운을
일어서야 하네
거리엔 혹독한 바람이 목을 조이고
우뚝 선 빌딩 사이
아무도 서로를 돌아보지 않는데

여보게 아카키
바보처럼 그깟 외투 하나 가지고 쯧쯧

고개를 숙이고 두 눈 껌뻑껌뻑
입술을 내밀고
도시 근처에서 자주 마주치는 사람
소심한 성격에 굵은 돋보기 안경을 쓰고
키가 작고 가냘픈 사람

삼월에서 사월의 사이

여행의 슬럼프를 지우며 새들이 돌아온다
페르시아 시장처럼 풀리는 물소리
한 줌 햇빛에 녹아 사라져 버리는 아련한 기억
생강차를 끓이다 불현듯 핑그르 피는 눈물

접시꽃 모종을 할까 올봄에는
아버지의 흑백사진을 치워 버리고
완두콩이나 심어 볼까
별 사사로운 정오의 뉴스
우두커니 시간을 켜고 서서 듣는 동백 아가씨 멀리
삼월과 사월의 사이에서 들려오는 저 소리들은 무엇일까

빈 마음에 산 하나 무너지고
겨울의 오랜 국경선을 넘어오는
무심한 구름들
지나가는 엿장수나 불러 세워 볼까
째깍째깍 오랜 시간이 지나도
오지 않는 사람들
눈 덮인 침엽수림처럼 서서
기억 속에 언제나 겨울이기만 한 사람들

소련에도 봄은 있을까
봄이 이렇게 목메어지는 것이라는 걸
사우디에 사는 사람들은 알 수 있을까

한적하게 뒤척거리는 대기의 바람 소리
마른 가지에 부딪히는 오후
나비 리본으로 머리를 올린 이십 대의 주부들이
아직 부푼 가슴으로 화분을 옮겨 놓는 테라스 위
널어 놓은 빨간 빨래처럼
가슴 깊이 흔들며 점점 짙어져 오는
이 목마름 같은 것들은 무엇일까

오후만 있던 일요일

아득한 공중에 빈손 날아가고
빨강 노랑 분칠을 하고
눈물과 머리카락이 섞여 한 세월을 묻고
오랜 잠 둥둥둥 아주 오래된 잠
땅속 깊이 버섯들 눈뜨고
아이들 울음소리 뚝 그치고 어디선가
바람이 파꽃 냄새를 몰고 오고

깨어 보니 빈집이었다
깊은 산, 종일토록 걸어도 제자리인 골짜기 메아리는
돌아오지 않고
너무 적막해서 살이 녹는 어둠
어느새 혼자 백발이 무성하였다

공중 보행

공중에 매달리다가 왔다 오늘도
바람 채찍 손등 때리는 빌딩에
두 손 꼭 붙잡고 발버둥 치다가
저녁의 밧줄 타고 내려왔다 오늘도
보았다 창문으로 떠밀린 어깨
손 놓친 책장 무한정 떨어져 내리는
오, 거리엔 수북한 머리카락들
배회하는 나뭇잎들
떨어지는 것이 두렵다
떠밀리는 것이 무섭다 무서워
오늘도 나는 이불 꼭 붙잡고
꿈속으로 떨어지지 않기 위해 입술 꼭 깨문다

개굴개굴 개구리

미처 저세상으로 떠나지 못한 사람들이 모여 울고 있다
아직 할 말이 남았다고 두고 온 것이 너무 많다고
빠글빠글 빠글빠글
어두운 논둑길 깊은 풀숲
세상에 대한 저 집요한 집착
빠글빠글 빠글빠글
나도 할 말 있다고
나도 할 말 있다고
나도 할 말……
초여름 별들은 박하사탕처럼 빛나고
그 논둑길 떠나와 야근하는 도시의 여름밤
풀숲 향기 맡고 싶어 졸린 눈 씻고 싶어
어두운 도시의 빌딩 숲 내려다보면
아, 시골 논둑길에서 울던 개구리들이 모두 이리로 이
사 왔구나
빠글빠글 빠글빠글
입가에 저마다 불빛들을 달고서
빠글빠글 빠글빠글
저렇게 빽빽이 모여 있구나
어둠 속에 졸린 눈꺼풀 껌벅이며 그것을 들여다보고 있

다가
　가만히 귀 기울이면
　나도 소리를 내고 있는 것이 아닐까
　책상 위에 눈만 껌벅이고 앉아
　저세상을 향해
　들어 달라고 들어 달라고
　빠글빠글 빠글빠글 울고 있는 것이 아닐까

드라이플라워

퇴근 무렵이면 찾아 주던 그 청년
상기된 두 볼로 희망꽃집 유리창에
붉은 꽃대궁 수술처럼 맺히던 그 청년
꽃향기에 오르가슴을 느낀다고
비틀거리는 손 마스카라 장미꽃을 고르던
그 청년
떠나간 자리
가슴 가득 허무의 꽃다발 남아
오랜 세월
나 그 청년 기다리며 이곳까지 왔네
희망꽃집도 마스카라 창문에 맺히던 향기도 없이
이제 그 청년 지긋한 나이 들어 가끔 들른다는
술집 붉은 유리관 속
오래 시들지 않고
퇴근 무렵이면 갈증의 사랑 기다리며 나와
이렇게 앉아 있네

렌즈의 시

흐린 하늘에도 별빛이 맑아 보이는 것은
내 눈이 하늘 흐린 것을 통과할 수 있기 때문일 것이다
번잡한 사람들 속에서 맑은 사람이 보이는 것은
내 눈 어딘가가 그 번잡함을 여과시키는
투명함이 있기 때문일 것이다
마음은 오목렌즈
나를 통과하기 위하여
얼마나 많은 혼탁함에 집중했는지
이제 한 곳을 오래 보면 볼수록
나의 것으로 와 불탄다, 불탄다.

세월은 나프탈렌

나팔꽃이 피었다. 때늦은 담장 밖
물끄러미 바라보면 황망히
저의 햇빛을 거두어 가는 하늘
나팔꽃 그 검은 씨앗을 받다가
불현듯 목이 메었다.

어디로 가는 것일까?
태양은? 하늘은?
저 구름은?
흘러 어느 묘지의 상형문자가 되는 것일까?

아무도 오지 않는, 와야 할 사람도 없는
변두리 그 빈집의 풍경을 오래 보고 있으면 눈물이 난다
햇빛에 엉켜 뿌연 먼지처럼 일어서는
길 앞의 적막
갑자기 놀라 돌아보면
큰 키로 자란 오동나무 그림자
푸스스 흔들릴 때마다
기억 속에 세월의 냄새가 났다
고즈넉한

소리를 들은 적이 있는가
한 가닥 바람 속을 짧게 지나가는 물감 냄새
짜릿한 식초 한 방울처럼
혀끝에 닿다 사라지는 시간 속

날아오르던 고추잠자리
황혼에 뜨거운 머리카락 날리는 저 언덕
맨발로 쫓아갔을 때
막막한 적막강산 길 없는 길 사이
서 있던 빨갛고 파란,
자줏빛 잇몸을 가진 맨드라미
그 가는 허리를 껴안고
지는 노을 속 묻히고 싶었다
돌아보면 산과 들
붉은 잎과 머리카락이 한데 섞여 날아가는
세월은 나프탈렌
돌아와 수천 년이 지난 빈집 앞에
백발이 무성한 나는 아 나는,

물고기 이름 같은

오징어!
청어!
가자미!
긴따로!
갈치!
동태!

낮잠을 자다가
생선 장수가 외치는 소리에
풀풀 비린내를 풍기며 툭툭 지느러미를 흔들며
나에게로 헤엄쳐 오는
각양각색의 사람들

겨울 굴뚝

모란시장에 들러 잔술을 마셨습니다
오후 내내 내리던 눈이 진눈깨비로 바뀌어
시장 바닥 여기저기 가난한 속옷처럼 쌓이고
소도시에서 보내는 겨울은 밑불 없는 불씨 같아
돌아오는 길에 축대 밑에서 두 번씩이나 미끄러졌습니다
낮게 내려앉은 하늘 언덕 위로
지게꾼처럼 느릿느릿 저녁이 오고 있습니다
그러고 보면 희망이란 얼마나 큰 고통인지
집집마다 켜 놓은 알전등에 눈물 꽃 피는 저녁
기차 소리인지 먼 기억의 소리인지
전깃줄 위 소리의 적막에 놀라 날아가는 새 한 마리
좇아
오늘도 굴뚝에 헛연기를 피워
하늘로 띄웁니다

나팔꽃의 비명

황망히 담벼락을 넘어가는 햇빛들이
나의 피들을 모두 거두어 가는 것 같다
여름이 다 끝나 버린 저녁 골목길 끝
오래된 적산가옥 담장 밑
얼마나 많은 여름이 지나도록 나는
이 세월의 집을 지키고 있어야 하는가
너무 오래되어서 빠지는 손톱처럼 시린 하늘
적막이 무서워
녹슨 철조망 꼭 붙잡고 하늘 멀리 소리 외친다.

교문리 종점

종점에 오면 늘 배가 고파진다
교문리 종점에 모여 사는 낮은 지붕들과 담장 아래 핀
꽃들
교문리는 종점을 닮아 간다
넓고 빈
마음의 텃밭에 자라는 마른 잎들 흔들릴 때마다
떠날 채비에 지붕 흔들리는 교문리

파꽃길의 아침을 달려 팔려 가는 비닐 포장 배추처럼
도시의 거리에서 밀려나
돌아오는 차창의 캄캄한 어둠 한 장에 얼굴이 비칠 때
교문리 벌판에 엎드린 날들을 그들은 말하지 않는다
돌아오는 곳이 어디인지 알고 있는 그들
아침 저녁으로 지나가는
고개와 언덕들 더 많은 시간들
갈 곳이 없어 버스를 타고 자주 교문리 종점까지 온 적
이 있다
저녁 무렵 낯선 동네가 주던 기억
교문리의 기억에서 양파 냄새가 난다
코끝을 싸아하게 찌르던 슬픔과

하늘에 떠 있던 막막한 구름
무너지던 모래 구름들 지나가는
교문리에 사는 사람들이 그곳이 다 종점이 아니라고 생
각하듯
생은 비루일 뿐
없던 정거장에 서서 기다려야 할 벌판일 뿐

명태

심심할 때
잠이 오지 않을 때
자주 슬퍼질 때

──때려 주시압

지루한 세상 가도 가도 끝없어
언제나 마른 접시 위에 올라오는
갈증의 바다

열대어

우 입술을 내밀고 다녔습니다
우우 사랑한다고 말하고 싶었습니다
머뭇머뭇 이 쇼윈도 저 쇼윈도 얼굴을 비춰 보다가
살결이 붉어졌습니다
충혈된 눈에 잠긴 구름 날아가지 못하고
아가미 헛물질만 하고
물살에 미끄러지던 지느러미 지느러미 지느러미
내 몸은 언제 터질까
이 밀봉된 어항은 언제 깨질까
온몸이 뜨겁습니다

가을 산

술취한 아버지 대낮에도 벌겋게 달아오른 얼굴을 하고
어딜 그렇게 올라가세요
낙엽 긁어모으며 바람 불면 우수수 떨어지는
나뭇잎 계곡
녹슨 세월의 송전탑
숨은 아들 대답하지 않는데
되돌아오는 메아리만 가슴 태우는 산
자꾸 뭐 하러 올라가세요
그게 아니다 얘야 그런 게 아니라고
붉은 손 흔들어 길 막는 너도밤나무
온통 아픈 울음 가득 토해 내도
아버지 넘어지며 자꾸 넘어지며……

왕벚꽃이 피었는데

왕벚꽃이 피었는데
노랑 분홍 하얀 왕벚꽃이 화들짝 피었는데
할머니는 자꾸 내 잠을 흔들어 깨운다
그만 자
꽃잎이 비 오듯 내 얼굴을 간지럽히고
꽃잎이 비 오듯 내 잠을 덮고
눈부신 햇빛 왕벚꽃 치마와 놀고 있는데
깨어나면
고목나무 텅 빈 한숨 소리 짓는 디근자 마당 집
어둠에 배인 기둥과 기둥 사이 불어오는 적막함 지울
수 없고
그런 눈빛 먼 산은 어루만져 주지 못하는데
아 저녁에 깨어나 할머니 혼자 쌀 일구는 소리 너무 커
목메어라
앉은 툇마루로 어둠은 뚝뚝 떨어지고
왕벚꽃 화들짝 다 져 버리고
깨어날 일이 무서워 비명 지르던 봄 저녁

구름을 보내다

주머니 속에 나는 구름을 넣고 다녔다
하늘로 가지 못하고 지평선으로 가 닿지 못하고
언제나 묵지룩하게 주머니 속에 머물던 구름
바짓가랑이를 적시던 구름
손바닥에 찐득찐득하게 묻어나던 구름
자갈돌처럼 구름이 무거워 나는 무릎을 끌고 다녀야
했다
낯선 송전탑과 방공 초소 하늘 가까운 언덕
주머니 속에 구름을 넣고 나는 얼마나 구름을 동경했
는가
새 깃털 같은 구름
존재의 마후라 같은 구름
사랑의 부드러운 잠 같은 구름
주머니 속에 구름을 떠나보내기까지
얼마나 많은 구름 밑을 쏘다녔던가
구름이 되기 위해서 붙잡고만 있었던 구름을 이제 놓아
준다
잘 가라 조약돌들
물방울들 묵지룩한 머리카락들
구름을 보낸다 구름을

보내고 나니 주머니 속의 손가락이
허전하다

3

봄 진부령

봄 진부령을 넘는다
햇빛은 아롱아롱 저의 눈물을 말리고
아지랑이 스멀스멀 아픈 기억 속을 걸어 나온다
백설에 눈이 먼 곤충들 갈 곳을 잃어
공중에 시린 날개를 털며 헤매는 곳이
어디 진부령뿐이랴
세상에 다 살아 본 맛처럼
눈 맞고 비 맞고 바람에 다 비틀어진
덕장의 황태들 바라보면
외롭고 슬픔에 물든 우리의 맛도
짭짤한 저 황태와 같으리
굽이굽이 떠도는 구름은 전나무 가지에 걸리고
내 마음도 자꾸 걸리고
찬 계곡 물밑에 숨어 부풀어 가는 열목어처럼
세상 밖에서 혼신을 다했던
잊혀진 내 사랑도 지금쯤 부풀어 가겠지
생각하며 도보로 이 고개를 넘다가
배고파 죽는 이는 아름다우리
외투 깃을 세우고 쓰러진 나무 둥치에 기대어
달아오르는 얼큰한 햇빛 바라보는
봄 진부령

장미

창녀나 될걸
고름 돋친 가시 콧날 세워
우뚝 솟은 세상 성기 찔러나 볼걸
어쩌다 이 도시 화원에 빨간 반바지 입고 서서
착한 사내 불러들이는가
내 눈꺼풀 속 들치면
수없이 많이 잠들다 간 사내
아픈 가시 꽂고
네온사인 붉은 전등 사이를 배회하건만
아름다움만으로 서 있어도 다치지 않을 시절이 올까,
올까
혈흔 지울 수 없어
둔탁한 공기 속, 지금은 그렇게 서 있다가
쉽게 시들어나 갈걸

제비꽃

근심도 전염인 것이어서
그대 앓던 병 내게로 오고
내가 앓던 병 다시 그대에게로 가
붉게 뜬 황혼이나 철새 날아가는 하늘을 바라보며
서로를 닮아 가는 저녁
깊은 물 그늘을 흔들며
강은 하늘을 닮아 가고
하늘은 더 큰 그림자를 물들이는데
안개 젖은 풀숲이나 낮은 샛터로 나가
아무도 부르지 말고
소소(少少)히, 소소히

우리 그렇게 한번 웃어 볼까

벚꽃 나무 화려한

간다. 그리운 저 미친년
쓸쓸한 봄밤을 온통 뒤집어 놓고 뒤집어만 놓고
저 혼자 그리 빨리도 간다
아아아 흐드러지는 달빛 소리
짧은 사랑의 긴 적막 속
익숙한 기척에 창문을 열면
짙은 향기에 불현 목이 메고
그랬구나 사랑은
봄밤에 터지는 괴성 소리
화들짝 달아오르는 살결
짧은 입맞춤이었구나

휩쓸고 지나간 도시의 화려한 네온사인 속으로
가 버린,

뼛국물 같은 사랑으로

뼛국물 같은 사랑 없나
뼛국물처럼 찐덕찐덕 달라붙는
달라붙어 가슴 허하지 않게 녹아드는
그런 사랑 없나
일년 열두 달 우리고 우린 이 그리움 한 솥
퍼다가 당신께 드리면
마른 가지 몸 부비는 이 세상 뜨겁고
열에 들뜬 햇빛에 붉은 꽃 터지는데
풀풀 모래 먼지 날리는 이 거리
저 거리 기웃거리며 스치는 쇼윈도처럼
우리는 자꾸 흐린 얼굴로 만나려 한다.
흐린 눈빛으로 부서지려 한다.
손 내밀면 닿지 않는 부르면 눈 감는
이 닫힌 솥뚜껑 속 열어 다오 이제
불붙는 내 사랑 드리리니 불타는 내 머리카락 드리리니
마른 가슴 불 질러 뼛속까지 시원한 사랑 보여다오

마음은 나뭇잎사귀

나뭇잎사귀 뒤 손바닥만 한 사랑
뒤집으면 남이 되는
남이 되어 다른 집 짓고 사는,
마음은 일편이 아니라 푸르고 붉고
자주 바뀌는 수천 개의 흔들림인 것이어서
지나가는 철새마저도 쉽게 불러들이는
하늘의 빈 터인 것이어서
다 끌어당길 수 없는 흙에 다리 뻗으며
불안한 잠 스스로 수천 개의 내 마음을 바꾼다.

당나귀의 꿈 1

한 천 년 깊은 잠에서 깨어나
거울 앞에 앉아 머리 빗고 입술 붉게 치장하고
볕바른 실개천을 지나 당신의 창문 아래
비로소 활짝 핀 나는
한 마리 나귀 꽃

천 년이 지난 봄에 다시 찾아왔어요
이젠 문을 열어 주실 수 있겠지요?

당신은 없고 당신의 흔적이 있던 담벼락
빈 말뚝만 놓여 있네
또 한 천 년 빈 말뚝에 매여
두 눈 껌벅껌벅거리며
얼마나 더 기다려야 하는가
수천 년 오래된 햇빛
햇빛이 내 머리카락을 녹슬게 하네

목련 꽃이 피었네

큰누나가 자고 나간 방에 남은 향기
큰 몸 자국처럼 툭툭 미색의 그리움이 흩어져
누나는 밤새 잠을 설쳤을까
따뜻한 오전의 봄볕은 방 안 가득 환하고
밤새 누나가 뒤척였던 흔적
바라보던 창문 앞 뜰 안
두근두근 그 마음 옮겨졌네

봉숭아, 손톱에 물드는 슬픔

할머니가 불러 주는 노래 속으로 잠이 든다
아련히 높아졌다 낮아지는
천장의 얼룩진 꽃무늬
가슴에 아픈 기억으로 새겨져
풀 먹인 광목을 밟으며 뒷짐을 지고 선 어머니
바라보는 하늘
유월의 그믐밤은 달도 밝아
흑 두건 같은 구름이 지붕 위를 지나가고
구겨진 담벼락 아래 조심스럽게 눈뜨며
더듬어 가는 손
잠이 오지 않아 괜히
일어나 고개를 내밀고 바라보면
아버지는 어디 갔을까
꺼칠한 수염 허허 한 번 웃으면
모두 활짝 필 것을
기운 없어 남의 집 사는 설움
밟고 올라갈 울타리가 없는 이 밤
튼튼한 가슴 그 산도적 같은 웃음에 기대고 싶어
누나는 아직 안 돌아오는 것일까
창문을 닫으면 뒤척이는 할머니

잠 안 자는 물소리 나무 그림자 흔들리고
슬픔은 손톱에 들인 붉은 물처럼 오래 지워지지 않는다

황야의 이리

아버지가 살던 곳으로 가고 싶다. 아버지가 사냥하던 숲 속, 아버지의 붉은 눈동자 그 횃불 속으로 타오르던 들판 찾을 것이 많아 버릴 것도 많던 냇물을 건너 그리운 산과 들 숱한 구릉을 달려 구한 나라 그곳에 가고 싶다. 늦도록 마을도 잠들지 않고 늦도록 지킬 것도 많아 우뚝 선 바위 언덕 고개를 들고 서서 오랜 밤을 많은 달들과 이야기하던 아버지. 그곳에 가고 싶다 그곳에 가고 싶다. 은빛 회색 깃털 그의 큰아들인 나는 그곳에 가고 싶어 오늘밤 도시 불빛 화려한 옥상 위에 올라가 소리 지른다.

미아리를 지나며

이 고개를 넘으면 평화의 나라가 보일까
한숨도 눈물도 없이 낮은 처마와 더 낮은 불빛 속에
전쟁을 싫어하는 아버지와 늦은 귀가를 기다리는
허리 굽은 어머니
세상에서 돌아올 지친 아들의 자리 비워 두는
마을이 보일까
이 고개를 넘으면
내가 찾아야 할 길들
내가 만나야 할 길들
지붕 아래 따뜻한 마음 한 잔 권하며
저 밖의 나라는 만들지 말자고 만들지 말자고
낡은 신발 끌고
늦은 밤 도달한 미아리
미아리 고개를 넘으면 보인다 보여
저 추악한 빌딩 속으로 입 벌린
숱한 구원의 붉은 십자가와
지친 행상 길을 내려가는 어머니
보인다 보여
낡은 창녀촌과 만원 버스와 삼양동과
빈 라면 봉지

반겨 줄 그 무엇도 없는 나라가
보인다

비 오는 종점

버스는 밤 열한 시의 진흙탕 속을 달린다.
추억은 어둡고 사랑은 황량한 소도시의 거리
창문에 이마를 묻으면 묻어나는 어둠의 분가루
황폐한 심전도 속으로 불빛들이 뛰어온다.
컹컹 사랑해 컹컹
몸을 던지며 달려오는 물방울 속으로
얼룩진 소도시의 사랑이 보인다.
오랜 외로움에 황야를 달려온 이리처럼
흐린 불빛 가리고 빈 잔 지키는
문밖으로 갈 곳 없는 그림자 서성이고
비 맞고 선 서까래들 군데군데
무너진 기억들
그랬구나
지나온 곳은 많았는데 머물 곳이 없었구나.
다시 시작하고 싶은 영혼들 기다리는
정거장 없는 들판을 버스는 달린다.
뒤돌아서 숱한 빗줄기 지나온 길 지우는
저 종착의 끝인 어둠의 입구가 이제는
끝이 아닌, 돌아오는 길이기를.

게

바다는 언제나 정면인 것이어서
이름 모를 해안하고도 작은 갯벌
비껴서 가는 것들의 슬픔을 나는 알고 있지
언제나 바다는 정면으로 오는 것이어서
작은 갯벌 하고도
힘없는 모래 그늘.

마음의 도둑

마음에 도둑이 들었나 봐
온몸 구석구석을 뒤지더니
깊이 잠들었던 살결을 일깨우더니
종일토록 나가지를 않는다

도둑이 들어도 정말 큰 도둑이 들었나 봐 두근두근
온몸이 두근거리는 소리에 잠들지 못하고
한밤중 어둠이 헝클어지도록 잠들지 못하고
마음은 하루 종일 서성대는데
창 밖에 가문비나무 뒤척이는 소리
바람이 발자국을 지우는 소리 문을 닫다가
별들에게 그만 내 눈동자를 들켜 버렸는데

가져가려면 빨리 가져가지
이토록 들쑤셔만 놓고 뒤흔들어만 놓고
가지 않는 이여

내 심장을 꺼내 드릴까
한 점 열에 들뜬 살점을 떼어 드릴까
내 머리카락 모두 잘라 신발을 만들어 드릴까

길도 보이지 않고
집도 보이지 않고
구름이 달빛을 삼킨 밤
개들도 깊은 잠에 빠져 버린 밤
아, 너무도 큰 당신이 내 몸속에 들어왔네

독신

국민학교 여선생 혼자 사는 아파트
찬바람이 불기 시작하면서부터
그에게는 연탄 값보다 따뜻한 밍크 털외투보다
더 걱정되는 것이 가슴 깊이 도사리고 있었다.
앙상한 가지 햇빛은 점점 기운을 잃어
불안스레 그가 나가는 교실
칠판을 탁탁탁 두드리며 더러 쓸쓸한 모습을 보여도
철없는 아이들은 즐겁기만 하고
창밖, 자주 생각나는 사람만큼
자주 멀어지는 그의 하늘
무겁고 굳게 입 다문 아파트에 어둠이 내려
비로소 건너편 창문에 하나씩 불이 켜지면
아, 저곳에도 사람이 살고 있구나 바라보며
스웨터라도 뜨고 싶은 그의 마음
일어나 혼자 저녁 지어 먹는 식탁 위에
마른 장미 몇 송이 흔들리고
그가 커피에 타 마시는
오직 깊고 흔적 없는 그리움
밖에는 예감처럼 오래 찬바람 불고
그가 건너가야 할 세월이 아파트 주위로 몰려온다

우유는 거짓말을 하지 않는다

우유는 거짓말을 하지 않는다
아침에 컵에 따라 놓은 우유를 마시려다 보는 순간
우유의 순박하고 순진한 모습에
온몸이 맑아지는 것 같다
우유는 착하다
우유가 흰색이 아니길 원치 않듯이
누가 그 흰 우유에 감히 먹물을 뿌릴 생각도 하지 않
는다
누구나 태어나서 제일 먼저 먹어야 할 우유
건강을 심어 주는 우유
아름다운 머리카락과 이빨을 튼튼하게 해 주는 우유
정직한 우유
나는 우유가 좋다 우유처럼 살고 싶다
아무런 뒤틀림도 없이 그늘도 없이
건강한,
누가 내게 와서 우유가 되어 다오

그 사람, 소주 빛으로 지워지던

안개비 뿌리던 날 밤
다리 위에 홀로 서 있던 사람
빗방울보다 많은 기억을 지우며
은빛 회색 깃털, 쓸쓸한 뒷모습을 감추던 사람
등 뒤엔 거대하게 잠든 도시의 그림자 그의 목을 조르고
남은 불빛마저 그를 밀어내고
이젠, 빌딩 숲 사이 기웃거리며
주체할 수 없던 사랑 버리고 싶어
하늘 먼 땅 그의 들판으로 돌아가고 싶어
온몸에 물방울 머금고
서 있던 사람
낯익은 술집에서 늦은 정거장에서
쇼윈도에서 자주
마주치던 사람
안개비 뿌리던 날 밤
빗방울 같은 기억들 세며
수은등 불빛 아래
소주 빛으로 지워지던 사람

샨티니케탄의 시월 풍경

정한용

　권대웅의 시가 그려 내는 풍경들은 매우 쓸쓸하다. '쓸쓸하다'라는 말로는 이루 다 표현할 수 없는 적막과 슬픔이 배어 있다. 하늘을 높이 나는 솔개와 갈매기, 혹은 땅 위를 서성대는 공룡과 당나귀 따위들이 시의 행간을 누비고 다니지만, 그래도 그의 시에는 소리가 없다. 침묵을 앞세운 무언극의 배우들처럼 칙칙한 걸음걸이로, 매우 느리게 천천히 무대를 어슬렁거릴 뿐이다. 그들의 움직임은 소리를 내지 않는다. 솔개와 갈매기는 하늘 어딘가에 시선을 고정한 채 지상을 내려다보며, 공룡과 당나귀는 정물화의 일부처럼 굳어 간다. 움직임이 없으므로 소리가 없고, 소리가 없으므로 그 풍경 속의 세계는 적막이 감도는 절대의 세계로 변한다. 모두가 '화석'이 된다.

　화석의 세계, 모든 움직임이 순간으로 굳어져 오히려

영원성을 획득하게 되는 세계. 이 세계를 시인은 「화석」에서 이렇게 묘사한다. 지상에 머물던 것들이 "흙의 내부"로 내려와 쌓인다고 한다. 거기에는 시인 자신을 포함하여 "긴 시간"의 흔적들이 모두, 잡념과 머리카락까지도 모두 쌓여 하나의 새로운 공간을 연다. 그렇게 생성된 공간에 속하는 대표적인 것들에는 다음과 같은 것이 있다.

> 오랜 잠
> 그리고 나를 앞질러 간 빛들
> 등불도 없이 이 침묵의 구간을 지나가던
> 암호들 소리 없는 움직임만으로 벌레들은
> 머물다 가고
> 조심스럽게 눈뜨던 양치식물들
>
> ──「화석」

"빛"과 "암호"와 "벌레"와 "양치식물"이 의미하는 바는 무엇인가. 빛은 이미 "앞질러 간" 것이므로 세월의 저편에 다다른 것이고, 암호는 언어일 것인데 "등불도 없이 침묵의 구간을 지나"갔으므로 일상 언어를 초월한 로고스에 속한다. 벌레들은 움직임만 있을 뿐 소리가 없으므로 움직임 자체를 지우며, 양치식물은 그 반대로 사라진 것으로부터의 환유를 일으킨다. 이 사물들은 상징으로 사용된 것이 아니며, 이 사물들을 엮는 텍스트가 알레고리도 아니다. 그저 시간의 절대성을 초월하여 현존재로 굳어진 세월에 대하여 이정표로 우리에게 제시되었을 뿐이다. 따라서 지금은 뿌리로 내려와 화석이 되었지만, 이 사물들은 필연적으로 잠시 보류했던 시간의 단절을 다시 돌려받는다.

> 푸른빛으로 둘러싸인 목소리가 건너와
> 나의 심장을 건드린다
> 나의 문을 열고 나의 싹 나의 눈을 자라게 한다
> 땅 속의 벌레들 죽은 씨앗들 하나씩 일어나고
> 햇빛에 나의 가슴은 탁본되어 걸린다
>
> ——「화석」

푸르게 빛나는 "빛"과 되살아난 목소리가 생명의 원동력인 심장을 일깨운다. 그러면 문이 열리고 싹이 트며, 죽어 화석이 되었던 벌레나 씨앗 들이 일어나 "햇빛"을 향해 가슴을 내보인다. 새로운 생명을 받고, 과거의 찬란한 기억들을 끌어당긴다. 인용 뒤에 이어지는 구절에서 시인은, "나의 잠 나의 노래는 흘러 더 먼 / 나라를 적시고"라고 말한다. 살아난 생명은 적막의 세계를 견뎌 낸 힘으로 더 큰 노래가 되어 더 먼 곳까지 들리는 노래로 퍼져 나간다는 뜻이다.

이 작품 「화석」은 시인의 초기 시편 중 하나인데, 그의 시적 지평이 어떻게 전개되어 가고 있는지에 대한 중요한 단서를 제공해 주는 셈이다. 그의 시 세계는 거칠게 요약한다면, 적막과 화석의 세계로부터 빛과 소리의 세계로 나아가고자 하는 의지라고 할 수 있다. 이럴 때 우리가 주목할 것은 다음의 세 가지 층위이다. 즉 1) 적막의 세계, 2) 빛의 세계, 그리고 3) 그 갈등 의지에 대한 이해가 필요하게 된다. 이들의 관련을 이해하는 것이 곧 권대웅 시인의 세계를 열어 볼 수 있는 열쇠에 해당한다.

그의 시에서 가장 흔하게 만나는 시어는 "적막"이다. 그리고 그 적막은 고요함이나 평정으로서의 적막이 아니라 상실과 절망감으로서의 적막이다. 그가 시의 표면에서 감정의 흔들림을 노출시키지 않으려고 애씀으로써 절망감이 두드러지지 않은 것처럼 느껴질 수 있겠는데, 그러나 그럴수록 은밀하게 숨겨진 적막은 역설의 힘에 의해 내면화된 고통의 표현임을 읽을 수 있다. 다음 몇 개의 예를 보면 이 사실은 확인된다.

> 부르면 목이 감기는/ 손 내밀면 닿지 않는/ 어지러운 저 세상길
>
> ──「적막강산」

> 깊은 산, 종일토록 걸어도 제자리인 골짜기 메아리는 돌아오지 않고/ 너무 적막해서 살이 녹는 어둠
>
> ──「오후만 있던 일요일」

> 햇빛에 엉켜 뿌연 먼지처럼 일어서는/ 길 앞의 적막
>
> ──「세월은 나프탈렌」

너무 오래되어서 빠지는 손톱처럼 시린 하늘/ 적막이
무서워/ 녹슨 철조망 꼭 붙잡고 하늘 멀리 소리 외친다
———「나팔꽃의 비명」

어둠에 배인 기둥과 기둥 사이 불어오는 적막함 지울
수 없고

———「왕벚꽃이 피었는데」

적막을 둘러싼 이미지들을 보면, 적막은 '어지러운 세
상길'이며 "뿌연 먼지"이며 또한 "어둠"의 속성을 갖는
다. 적막은 "살이 녹는" 고통이며 "시린 하늘"이며 도저
히 "지울 수 없"는 그 어떤 것이다. 결국 적막은 시인이
이 세상을 바라보는, 그리고 이 세상 속에서 자아를 들여
다보는 시선의 비극성을 말하는 것이 된다. 중얼거리듯
낮은 목소리로 말하는 슬픔이 가슴을 저리게 만든다. 자
아뿐 아니라 객관적 대상까지를 모두 쓸어 넣는 아픔이라
는 데 그 비극성의 강렬함이 숨어 있다.
　시인이 세상을 비극적으로 바라보는 것이 어디 새삼스
러운 일이겠는가. 삶의 무게와 진실을 찾기 위한 열망에
서 오는 좌절을 노래한 시가 어디 한두 편인가. 어쩌면
시인들의 절망이나 세상에 대한 부정적 인식은 하나의 원
형처럼 여겨진다. 자아의 비극성을 즐겨 노래한 서정시
나, 세계의 왜곡에 대해 비판하는 리얼리즘의 시, 그리고
현실을 뒤집힌 어법으로 꼬집는 모더니즘 시들이 모두 현

실과 화해하지 못한 자아의 갈등을 그리고 있는 셈이다. 그리고 그 비극성을 넘어선 그 어딘가에 현실의 척박함을 해소한 희망의 나라가 있으리라 가정하고 그것을 찾아가고자 하는 욕망도 어쩌면 상투화된 시적 인식이다. 그렇다면 권대웅 시인의 시적 지평이 펼치는 비극성이 다른 시인들과 구별되는 그만의 독특함을 지니고 있는지 따져보아야 한다. 만약 그러한 것이 없다면 그의 시는 흔한 넋두리에 지나지 않을 것이기 때문이다.

권대웅의 서정은 매우 평범해 보인다. 어쩌면 소박하다고 말할 수 있을 정도로 평면적인 것이 사실이다. 그의 작품은 풍경화처럼 펼쳐지는데, 서정화된 객체들이 전통적인 격식에 따라 안배되어 있다는 느낌을 준다. 비극과 갈등이 은폐되어 있으므로 이러한 평면성은 당연한 결과이다. 그가 비극성을 가리기 위해 쳐 놓은 자기 방어의 그물을 뚫고 그 속에 숨어 있는 아픔들을 살필 수 있어야 하기 때문이다. 그의 시가 보여 주는 진정한 아름다움은 바로 가려진 얼굴, 위장된 내면에 존재한다.

지붕에 쑥 풀이 핀 집
낮은 처마 밑 목조 창문이 부푼다
멀리 집 밖에서 웅웅거리던 송전탑
방공 초소 위로 새 몇 마리 날아가고
오래 그것을 바라보고 있으면 쏟아지던 낮잠
쉰 밥풀 꽃처럼 자주 쓰러져 잠이 들었다

깨어나면 낯선 하늘에 찍히던 새 발자국
꽃뱀의 산책 길 같은 저녁
꿈에 보이지 않던 길 밖의 길 보이고
어둠에 배인 복도 끝 액자 속에 아버지 우두커니 서 있
었는데

———「적산가옥」

권대웅의 시에 등장하는 "집"들은 대개 이런 식이다.
낡고 퇴락한 부분들이 전체로 잘 조화를 이루지 못하는
집. 이 집에 시적 자아를 위치시킨다. 그리고 거기에서
시인은 "잠이 들"거나 망연히 사물들을 바라보는 모습으
로 그려진다. 그에겐 구체적인 행동이 없다. 그저 바라보
는 대상들에게서 의미를 추출하여 구체화하려 애쓴다. 집
의 그림과 시인의 심정이 일치된다고 할 수 있으므로, 그
대상들을 눈여겨볼 필요가 있다. "목조 창문/송전탑/방공
초소" 등은 낡은, 그러나 결코 어둡지 않은 이미지들이다.
그러나 그것들이 시인에게 들어왔을 때, "쉰 밥풀 꽃/낯선
하늘/길 밖의 길/어둠에 배인 복도" 등으로 음산하게 굴
절되어 버린다. 제목으로 쓰인 "적산가옥"이라는 것 자체
가 어둡고 불길한 공간이다. 이 어두운 공간에서 그는
"액자 속의 아버지"와 단둘이 서 있는 것이다. 아버지와
의 대화가, 인용되지 않은 다음 구절에 이어지고 있는데,
그 내용은 아버지가 곧 "빈집"이라는 절망감의 토로이다.
그리고 빈집에 잡풀이 무성히 피어난다는 말로 시를 끝맺

고 있다.

이 시를 통하여 확인하는 시인의 의식 상황은 매우 고
독하고 적막하며 절망적이라는 사실이다. 그런데 이러한
의미를 전달하기 위하여 그가 사용한 분위기는 어떠한가.
적막하지만 평화로운, 목가적이기까지 한 풍경 아닌가.
풍경 자체에 역점을 둔 것처럼 위장함으로써, 그리고 수
많은 대상 이미지들을 나열식으로 전개함으로써, 그가 아
픔을 애써 감추고 스스로 침잠하려 하고 있다는 사실을
우리는 눈치채야 한다. 그의 아픔은 대사회적 리얼리즘의
인식에 기초한 것이 아니라, 개인사적인 혹은 가족사적인
원인에 의해 촉발된 것이 아닌가 의심스럽다. 공동체의
고통이 아니라 개인의 고통이라고 해서 우리가 그를 탓할
수 있는가. 오히려 그는 그만의 고통을 보편적 지평으로
넓히며 존재론적 갈등을 표출하도록 유도하고 있다. 개인
의 아픔이 갖는 경계를 넘어 고통이 전환·확산되어 가는
과정에서 권대웅 시인의 두 번째 지평이 열리고, 이제 여
기에 대하여 살피기로 하자.

'적막의 세계'와 더불어 '빛의 세계'를 검토해야만 권
대웅 시인을 둘러싼 양극의 세계를 포괄적으로 알 수 있
다. 앞에서도 말했지만, 빛은 '소리'로 나타나기도 하는
데, 이렇게 밝고 생기 있는 이미지군에서 큰 역할을 하고
있는 것에는 "구름 / 불 / 물 / 꽃" 등이 있다. 특히 "구름"
은 '흘러간다'는 것과 '모양이 변한다'는, 즉 "적막"과
대립되는 속성으로 인해 그의 시에서 매우 중요한 모티프

로 사용된다.

> 낯선 송전탑과 방공 초소 하늘 가까운 언덕
> 주머니 속에 구름을 넣고 나는 얼마나 구름을 동경했는가
> 새 깃털 같은 구름
> 존재의 마후라 같은 구름
> 사랑의 부드러운 잠 같은 구름
> 주머니 속에 구름을 떠나보내기까지
> 얼마나 많은 구름 밑을 쏘다녔던가
> 구름이 되기 위해서 붙잡고만 있었던 구름을 이제 놓아
> 준다
>
> ──「구름을 보내다」

이 작품의 구체적인 공간 배경은 「적산가옥」의 그것과
유사하다. "송전탑 / 방공 초소" 등을 통해 시인이 유년을
겪었던, 혹은 지금 겪고 있는 "빈집"의 공간에서 이 시가
써어지고 있음을 알 수 있다. 시의 내용은, 주머니 속에
넣고 끌고 다니던 구름을 이제 "하늘 가까운 언덕"에 올
려 보내 준다는 것이다. 주머니 속에 있던 구름이란 무엇
인가. "구름이 되기 위해서 붙잡고만 있었던 구름"이라면
그것은 구름이 정체가 무엇이든 미완성의 어떤 형태를 지
칭하는 것인가. 미완성의 상태에서 완성으로의 존재 전환
을 정확하게 설명하고 있지는 않지만, 불가해의 그 구름에
대하여 시인은 다음과 같은 단서를 주고 있다. 즉 그 구름

은 "새 깃털 / 존재의 마후라 / 사랑의 부드러운 잠" 같은 것
이다. 인용에 이어지는 구절에서는 계속하여 "조약돌 / 물
방울들 / 묵지룩한 머리카락들"로 구름이 변주된다. 여기에
서 다시 우리는 권대웅 시인의 은폐 수법을 읽는다. 이 다
양한 이미지들을 통해 의미를 산포하고, 산포되는 과정에
서 생겨나는 분위기로서의 의미를 독자들에게 환기시킨다.
이 여러 이미지들은 사실 "주머니 속"(어둠)에 있던 구름
이 이제 "하늘"(빛)로 올라간다는 핵심의 부수적 장치들인
것이다. 은폐의 이면에서 무겁고 어두운 것과 부드럽고
밝은 것의 교직을 통해 시인의 갈등이 드러난다.

　권대웅의 시 중에는 날짐승들을 내면화한 작품들이 꽤
많이 있다. 솔개와 갈매기는 그 대표적인 동물인데, 하늘
의 한 지점에서 지상을 내려다보며 욕망의 진폭을 다양하
게 변주한다. 하늘과 지상은 그의 이원론적 세계관을 극
명하게 대별하는 상징이기도 하다. 그중 하나를 본다.

　　타는 노을 속 말없이
　　화려한 슬픔 위에 군림하는 붉은 갈매기
　　날아가며 사방으로 부서지는 파도 사이
　　붉은 리듬이 들려 와
　　(중략)
　　갈매기 중의 갈매기 붉은 갈매기는
　　어둠이 짙어 올 때까지
　　이 저녁 단 한 번의 확인 비행으로

세계의 상처와 세계의 아픔

껴안으며 홀로 붉게, 붉게 물들어

돌아온다

—「붉은 갈매기」

갈매기가 저녁 햇살이 빛나는 파도 위를 저공비행하는
모습이 그림처럼 펼쳐진다. 리처드 바크의 『조녀선 리빙
스턴 시걸』을 연상하게 하는 선명한 광경이다. 갈매기가
과거의 "붉은 기억들"을 가슴에 품고 날아갈 때 바다 속
의 물풀들도 "미끄러운 그리움"으로 긴 머리를 풀어헤친
다고 상황을 묘사한 다음, 그 갈매기에게 "붉은 무덤"이
터져 나오고 황혼에 미쳐 점차 어둠으로 접어드는 광경을
세밀하게 관찰한다. 이 갈매기는 무엇을 보았고, 왜 붉어
졌는가. 빛과 어둠의 사이에 존재하는 황혼으로부터 "슬
픔과 황혼병"을 얻고, 동시에 세상에 대한 깨달음으로서
의 인식을 획득한다고 시인은 말한다. 시의 표현대로 "세
계의 상처와 세계의 아픔"을 "홀로" 껴안는 것이 가능할
것인지의 문제는 윤리적·종교적 판단의 문제이다. 다만
우리는 여기에서 시인의 이원론적 인식이 하나로 좁혀지
는 중요한 고리를 발견하는 것으로 충분하다. 세상의 아
픔을 깨닫고 돌아오는 갈매기의 앞에는 밝은 대낮이 아
닌, 황혼을 거친 어둠의 세계가 놓여 있다. 어둠으로부터
밝음으로 상승하는 과정이 「구름을 보내다」였다면 이 작
품은 그 반대의 과정을 거치는 셈이다. 더 나아가 빛과

어둠이 하나로 융화되면서, 그 갈등을 통하여 세상에 대한 힘과 인식을 얻는 것이다.

「붉은 갈매기」에서 '붉은색'이 의미하는 바는 선명하지 않다. 왜 진실에 대한 깨달음이 붉은색으로의 변화를 수반하지 알 수 없다. 황혼의 붉은빛이 갈매기로 전이되었다고 말할 수는 있겠지만, 별로 설득력 있는 설명은 아니다. '붉은색'은 다른 시에서도 여러 차례 등장하면서 시인 나름의 독특한 의미를 형성하게 되는데, 비록 단편적이지만 이런 흔적들을 통하여 시인의 내면에 감추어진 의식의 한 켜를 찾아낼 수 있을지 모른다.

불러도 대답 없는 담장들/ 담장의 붉은 혀들
——「공룡이 온다」

붉은 눈동자, 이 세상 함께 쓸어 모으며
——「갈매기는 저녁에 자기 눈빛을 버린다」

빨갛게 핀 여름 꽃들이/ 이름도 잊고 세월도 잊고
——「구름의 집」

상기된 두 볼로 희망꽃집 유리창에/ 붉은 꽃대궁 수술처럼 맺히던 그 청년
——「드라이플라워」

살결이 붉어졌습니다/ 충혈된 눈에 잠긴 구름 날아가지
못하고

　　　　　　　　　　　　　　　　　——「열대어」

　이와 유사한 예들은 얼마든지 더 찾을 수 있다. 권대웅
이 사용하는 얼마 안 되는 색채어 중에서 붉은색이 유난
히 강조되고 있는 이유를 설명하기는 어렵다. 시인의 개
인적인 취향일 수도 있고, 그저 우연일 수도 있다. 지나
친 확대해석이 아니기를 바라면서, 붉은색이 지닌 원형
상징을 헤아려 본다. 붉은색은 빛이나 불을 의미하는데,
정열과 힘의 생성이란 긍정적 측면과 파괴와 소진이란 부
정적 측면을 양날로 갖는다. 그런데 권대웅 시인에게서의
붉은색은 많은 경우 신체의 일부를 지칭하는 것으로 국한
된다. '붉은 눈동자 / 붉은 혀 / 붉은 볼 / 붉은 살결' 등으
로 집중되는 것이다. 또한 이때의 붉은색은 생성보다는
소멸이라는 부정적 이미지를 동반하는 경우가 많다. 따라
서 그가 '적막'의 대척점으로 설정했던 '빛'의 세계의 부
정적 변종으로 붉은색이 콤플렉스처럼 작용하고 있다고
추측된다. 이러한 논리가 사실이라면, '적막'과 '빛', 혹
은 '어둠'과 '구름'의 사이에서 그를 괴롭히는 아픔의 정
체는 비교적 선명해지는 셈이다. 그것은 다름아닌 두 세
계 사이에 놓인 공간을 극복해 내려는 시인의 갈등 자체
인 것이다. 그리고 그 갈등이 개인적 차원에서 촉발되었
지만, 자아에 대한 존재론적 혹은 인식론적 확인의 지평

으로 넓혀진다는 데 권대웅만의 독특한 아름다움이 있는 것이다.

나는 이 글을 시작하면서 「샨티니케탄에서 울다」와 「시월」 두 편을 빨리 인용하고 싶은 충동에 사로잡혔었다. 이 작품들은 이미 오래 전에 보고 깊게 공감했던 기억이 있다. 특히 「샨티니케탄……」은 사적인 이야기지만, 나로 하여금 시를 읽으면서 눈물을 흘리게 한, 이 세상에서 유일한 작품이다. 처음 그 작품을 읽었을 당시의 감정을 설명하기는 난감하다. 「시월」도 권대웅의 세계를 요약해서 보여 주는 풍경화라는 데 호감이 갔다. 하여튼, 그런데 나는 이 두 작품을 이 글의 맨 마지막까지 미루었다.

> 샨티니케탄
> 땅 깊은 하늘의 연못에서 흘러나오는 노래가
> 나그네의 발길을 묶는 곳
> 버려야 할 것들이 노래로 터져 나와
> 아픔과 용서와 눈물이 섞여 뒤범벅이 된
> 비가 내린다
>
> ──「샨티니케탄에서 울다」

> 시월의 숲 속에 오는 것을 두려워하지 말자
> 시월에 나뭇잎이 떨어지는 소리에 귀 기울이자
> 한 잎씩 기억은 눈뜨고
> 한 잎씩 하늘은 가까워져

다 들여다보이는 그 속
바삐 움직이던 다람쥐들은 멈추고
나는 세상에서 오래 눈뜨고

——「시월」

이 두 작품은 모두 매우 감성적이다. 「샨티니케탄……」
의 "눈물"은 처량한 인상을 주고, 「시월」의 가을 풍경은
낭만적이기도 하다. 앞의 작품은 "비"와 "눈물"과 "노래"
가 적절히 교합되면서 전체적으로 울림을 주는데, 그 울
림이 "울음"을 더욱 진하게 만든다. 뒤의 작품은 "숲"과
"다람쥐"와 "잠"을 통해 가을로부터 겨울로 접어드는 숲
속 오솔길의 한 장면을 진지한 시선으로 표현한다. 부드
럽고 아름다운 율격이 적절히 배어 있어, 시의 내용에서
사라진 소리를 시의 형식에서 살려 내는 데 성공한다. 천
천히 그 장면을 상상하면서 읽어 보면 "울음"의 무게가
더욱 무거워지고 "숲"의 깊이가 더욱 깊어진다.

그러나 이러한 특징이 권대웅을 구별하는 요소는 아니
다. 오히려 이 작품은 다른 의미에서 그의 세계를 뚜렷이
한다고 보겠는데, 우선 이 작품들의 서정성의 유별함이
다. 이 작품들이 서정시에 속하는 것은 물론이지만, 이때
의 서정시라는 폭넓은 개념으로는 그의 자리를 정하기 쉽
지 않다. 「샨티니케탄……」의 서정을 세밀히 들여다보면,
우리가 전통적으로 생각해 온 서정, 즉 체념과 절망으로
서의 "울음"을 묘사하는 서정이 아니다. "내 몸 전체가

노래가 되"고 "향기가 흘러" 쓸쓸했던 사랑을 "뒤돌아보"면서도, 그것을 초월하는 "울음"의 서정이다. 인용 부분에서 알 수 있듯이 "버려야 할 것들이 노래로 터져 나와／아픔과 용서와 눈물이 섞여 뒤범벅이 된" 울음의 서정이다. 자아가 함몰되지 않고 "아픔"의 초월을 통해 "용서"로의 열림을 보여 주는 밝은 서정인 것이다. 「시월」의 경우도, 단순히 가을 풍경을 묘사하는 것으로 그치지 않는다. 나뭇잎이 쌓이고 "다람쥐들"이 열심히 "도토리를 주워나르"는 장면까지는 그렇다고 하겠으나, 이렇게 쌓인 가을의 아래 지층에서 자아의 번득이는 "신경들"을 통해 "기억은 눈뜨고／하늘은 가까워"진다는 깨달음을 얻는다. 가을로의 잠행은 더 깊은 숨김이 아니라 역설적으로 자아 확인과 세상에 대한 인식의 틀을 확장하는 역할을 한다. 이렇게 확장된 서정을 '신서정'이라는 용어로 간편히 부를 수도 있다. 그러나 신서정이 새로운 서정을 뜻하는 것이 아니듯, 권대웅의 시도 신서정이라는 용어만으로는 다 설명될 수 없다.

「샨티니케탄……」과 「시월」은 서로 직접적인 관련은 없다. 그러나 이 두 작품을 통하여 우리는 권대웅 시인의 세계가, 비록 겉으로는 태연한 척하지만 슬픔을 감추고 있고, 또한 그 슬픔에 억눌리는 것이 아니라 오히려 역동적인 힘으로 슬픔을 꿰뚫으려 애쓴다는, 세 겹의 층위로 이루어져 있다는 사실을 확인한다. '샨티니케탄의 시월 풍경'은 아름답다. 우리는 그 풍경 속에서 슬픔을 만나기도

하고 용서를 만나기도 한다. 두터운 나뭇잎도 만나고 화석
으로부터 탈각한 생명들도 만난다. 구름과 꽃, 저녁과 소
리를 만난다. 풍경 속을 거닐며 세 겹의 층위로 이들을
만날 수 있다는 것은 큰 기쁨이다.

(필자: 시인·문학평론가)

권대웅

1962년 서울에서 태어났다.
1987년 《시운동》으로 등단했으며
1988년 《조선일보》 신춘문예에 「양수리에서」가 당선되었다.
시집 『조금 쓸쓸했던 생의 한때』와 장편 동화 『마리 이야기』,
『돼지저금통 속의 부처님』, 에세이 『하루』, 『천국에서의 하루』,
『당신이 별입니다』 등이 있다.

당나귀의 꿈

1판 1쇄 펴냄 1993년 2월 5일
개정판 1쇄 찍음 2007년 4월 16일
개정판 1쇄 펴냄 2007년 4월 20일

지은이 권대웅
편집인 장은수
발행인 박근섭
펴낸곳 (주)민음사

출판등록 1966. 5. 19. 제16-490호
서울시 강남구 신사동 506번지 강남출판문화센터 5층 (우)135-887
대표전화 515-2000 / 팩시밀리 515-2007
www.minumsa.com

값 7,000원

ISBN 978-89-374-0520-4 03810